송홍만 제24시집
우리 할머니의 복음

이 도서의 국립중앙도서관 출판예정도서목록(CIP)은 서지정보유통지원시스템 홈페이지
(http://seoji.nl.go.kr)와 국가자료종합목록 구축시스템(http://kolis-net.nl.go.kr)에서 이용하
실 수 있습니다.
(CIP제어번호 : CIP2020051093)

우리 할머니의 봄

송홍만 제 24시집

한누리미디어

이제 시집이 떠난다고 고별인사를 한다
제발 좋은 사람 만나
반갑게 맞이하여 주어라

시인은 네가 좋은 사람 만나서
오순도순 이야기 주고 받으며
잘 살기를 간절히 바라고 있다

소소한 살아가는 이야기지만
형식을 벗어난 자유시이다

이번에도 한누리미디어 김재엽 사장님과
임직원 여러분의 노고에 감사드린다

2020. 11. 19

송 홍 만 올림

차례

1부

우리 할머니의 복음

하나님이 좋아하신 것

차례

세상을 바르게 사는 삶

추억을 그리워하며 살자

차례

5부

하나님이 계신 나라

돌고 도는 인생

제1부

우리 할머니의 복음

아버지의 복음

1983. 3. 5(음1.21) 15:00
남양 시골집 안방에서 오른손을 잡으시며
"서운한 일 오래 품지 마라!" 하였다

이것이 마지막 유언이 될 줄은 몰랐다
그때에는 이 말씀이 큰집 조카들이
서운한 말을 하면 오래 품지 말라는 말씀으로만 알았다

이제 생각하니
이 말씀은 복음이다
이 말씀 순종하면 복을 받는다

공자님도 논어에서 말씀하셨다
"남이 나를 알아주지 아니하여도
서운해 하지 아니하면 역시 군자(君子)가 아니겠느냐"
(人不知而不慍 不亦君子乎)
군자란 임금님 앞에 옳은 말을 하는 신하이다.

살고 보니
서운한 말은 나를 아는 사람, 모르는 사람,
일가 친족, 자식까지 하는구나

이사 갈 날이 다가오니

새집으로 이사 갈 날이 다가오니
이 집에 대한 감회가 앞을 막는구나

서울 봉천동에서 살며
서울 법원에 다니고 있는데
서울지방법원 수원지원이 수원지방법원으로 승격이 되자
남양에 살고 계신 부모님이 팔십 넘으시고 조카들은 어리어
수원법원을 지원하여 이 자리에 단칸집을 사서 살면서
형편이 잘 펴나가서 이 자리에 삼층집을 올렸다

그리도 바라던 양친 부모를 모시기까지 하여 보았다
이 집에 살면서 형편이 펴져 아쉬움 없이 살아가니
하나님의 보살펴 주심이로다

딸 셋과 아들을 길러 딸 셋은 시집가 외손녀 외손주 재롱에
팔십이 넘은 외할아버지의 마음을 즐겁게 하여 준다

이 세상에서 하늘나라 이사 가는 날
하나님은 더 좋은 선물을 주시리라
늘 하나님께 감사기도하며 살리라

우리 할머니의 복음

할머니의 말씀은 복음(福音)이다

어머니 쉰아홉에 사남삼녀의 막내로 낳으시어
젖이 안 나와 할머니가 암죽을 먹이면서
"어서 받아먹고 자라 밥을 먹어 튼튼하여라"는 말씀 듣고
순종하여 평생을 건강하게 살아왔다

아장아장 걸음마 뒤따라 오시며
하늘에는 하나님이 계시어
잠시도 쉬지 않고 우리를 사랑하신다는 말씀 듣고
두려움 없이 살면서 이제는 하나님의 아들이신
예수 그리스도를 믿고 하나님의 자녀로 살고 있다

길가 참외 밭을 지나다가 입맛을 다시고 있는데
"저것은 남의 것이니 따먹으면 도둑놈이 되어 벌 받는 거야
집에 가서 우리 밭에서 따온 것을 먹어야 한다"는 말씀 듣고
도둑이 되지 아니하고 평범한 사람으로 살고 있다

욕심을 버리고 용심(用心)을 가지라 이 말씀 듣고
남이 잘 되고 있는 것을 방해하거나 시기하지 아니 하고
어떻게 하여 매사를 잘 하는 것인가 살펴 보아 그렇게 하려고 살아와

법원공무원 임용시험에 합격하여 40여 년 근무하고 퇴직하니
공무원연금으로 부족함 없이 감사하며 살고 있다

살던 집이 팔리니

아파트를 새로 사 놓고 살던 집이 팔리니
정들었던 40여 년 돌아보게 된다

서울에서 전세 보증금을 돌려받아 이사를 와
그 보증금 20만원에 맞는 단층 슬라브 집을 샀다

형편이 퍼져서 헐고
삼층 철근 콘크리트 슬라브 집을 지었다

딸 셋과 아들을 길렀고
외손녀 외손자들이 모이면 이층 넓은 방은 놀이방이 된다

외할아버지 외할머니는
그들의 쿵쿵대는 소리가 듣기 좋았다

한 때는 80이 넘으신 부모님을 모시기도 하여
여한이 없다

할머니 자장가 삼아 어린 나에게 들려주신 노래
달아 달아 밝은 달아 이태백이 놀던 달아
이태백이 죽었으니 뉘와 함께 놀고 있나

저기 저기 저 달 속에 계수나무 한 그루
은도끼로 찍어내어 금도끼로 곱게 다듬어서
초가삼간 집을 지어 양친부모 모셔다가
천년만년 살고 지세, 노래가 새삼 떠오른다

이제 그 집이 팔리고
위브(We´ve) 하늘채 아파트로 이사를 간다

하나님께서 준비하여 우리들에게 주신
사랑의 선물 분명하여 채막을 치고
감사의 잔치를 차려 드리우리다

여기가 어디여

나이 팔십이 넘으니 첫마디가 달라졌다
잠을 깨어 혼자 말로나
사람을 만나 첫마디 말이
여기가 어디여?
지금이 아침이여, 저녁이여?

기억하려고 적어놓으면
적어놓은 데를 찾지 못하고
새로 산 집에 가서 둘러보고 와서는
그 집안에 방들의 구조와 크기를
기억 못한다

아들 딸들에게 말한 것을
다시 말하는 경우가 점점 늘어난다

저녁밥을 먹으면서
아침인지 저녁인지 묻는다

수시로 시간을 보며
점심인지 저녁인지 확인한다

응급실

나이는 확실하구나
여든 살이 넘어 여든 둘이 되니
대학병원 응급실엘 실려도 간다

검사결과를 보러 갔더니
큰 병원으로 가야 한다며 연락처를 말하라 하여
집사람과 아들의 전화번호를 일러주었다

어떤 처치도 동의한다는 서명을 하여 주고 나니
아들이 연락을 받고 달려와서
마음이 든든하였다

여러 가지 검사를 받고 나니
빈혈이 심하여 다른 사람의 피를 넣어야 하겠다고 하여
수혈을 서너 시간 걸려 마치었다

배가 고파 간호사에게 말하여 괜찮다는 말을 듣고
아들에게 팥빵을 사오라 하여 서너 개를 먹고 나니
힘을 얻어 밤늦게 집에 돌아왔다

꿈속에서는

꿈속에서는 노인이 아니어요
마음만 있으면 어디든지 가고
먹고 싶으면 무엇이든지 먹는
젊은이가 분명하였어요

가본 곳은 기억을 되살리며
처음 가는 곳은 호기심 속에
지팡이 짚지 않고도
기쁘고 즐겁게 걸었습니다

한 걸음 한 걸음 걷자니
산과 나무와 하늘이 흰 구름
어쩌면 그리도 기쁘고 즐거운지
온갖 것이 모두가 친구가 되어줍니다

아픔과 괴로움 걱정과 근심 없는
어릴 적 할머니의 품속 같은 곳
하나님께서 사랑으로 다스리시는
하나님의 나라가 분명하였습니다

웃어야 하나 울어야 하나

핸드폰을 주머니에 넣은 채 세탁을 하였다
이런 일이 있을 줄이야 생각이나 하였나

지팡이 의지하여 얼마를 걷다가 어디로 가야 집에 가나
먼 산 보고서야 집을 찾아간다

치매인가 나이 탓인가
정신을 차려 보면서 한숨만 내쉰다

며칠 전 동네 병원에서 큰 병원 응급실로 가라 하여
아주대학교 병원 응급실에 가니 환자복을 입힌다

연락처를 물으며 무슨 각서에 서명을 하라며
채혈검사를 한 결과 수혈을 하여야 한다

피가 적어 다른 사람의 피를 넣어야 한다며
검붉은 피가 시험관에서 방울방울 내 혈관으로 들어간다

연락 받고 아들이 와 옆에 있어 마음이 놓였고
수혈을 마치고 나니 배가 고파 팥빵을 먹었다
밤늦게 집에 돌아왔다

꿈

나이 여든이 넘으니 누우면 잠이 오고
잠이 들면 꿈을 꾼다

꿈이 깬 후에 곰곰이 생각을 하면
좋은 꿈은 그대로 되기를 은근히 바라고
나쁜 꿈이면 걱정이 되어 하루 종일 언짢다

꿈은 생시에 있었던 일도 있고
생각지도 못한 일도 있다

외갓집과 같이 가보았던 곳도 꿈을 꾸고
가보지 못하였던 곳에도 가본다

생시에 하여 보지 아니한 일을
꿈에는 해 내는 일도 많아 놀란다

믿던 사람이 꿈에는 반대일 수도 있고
말 잘 듣는 아들 딸이 반대인 경우도 있다

꿈은 생시에 반대로 이루어진다고 하나
그렇지만은 아니하다
종잡을 수 없는 것이 꿈이다

일이 마음대로 되지 않을 때

살아가면서 일이 내 마음대로 되지 않을 때에는
컴퓨터로 바둑을 두어보면 조금은 깨닫게 된다

내 마음대로 이기고 지리라 생각하지만
그렇지만은 아니하여 이기기도 하고 지기도 한다

늙어 거동하기 힘이 들고 잠은 오지 않아
혼자서 바둑을 두며 동지섣달 긴긴 밤을 즐긴다

김치찌개에 몇 가지 반찬에 밥 한 그릇 먹고
물마시고 일어서면 이리도 뿌듯한 살림살이

부귀도 명예도 흘러가는 구름 한 조각만 못하고
산새들의 지저귐 들으며 산길을 걷는 것이 즐겁다

단풍 곱게 물든 산길을 걷는 풍경이 뉴스에 비치면
가 보았던 산이나 아니 가본 산이거나 한결같이 반갑다

어느 핸가 금강산 여행이 열리었다가 다시 막히었다가
다시 열리었던 일이 있자 우리 부부는 만사 제쳐놓고
동해시에서 설봉호에 올라 동해바다 멀리 공해(公海)에서
캄캄한 북한땅과 전깃불 훤한 남한을 보았다

다 알고 있는데 너에 대해서만 모르겠느냐

꿈속에서 놀라 깨었다
어느 여자 목사님의 설교를 들었다
말씀이 끝나자 누구든지 자신에 대하여
장래에 일을 물어보라고 하여
여러 사람들의 질문이 끝날 무렵에 용기를 내어
손을 들고 질문을 하려 하니

다른 사람들에 대하여 그들의 일을
그대로 맞추는 것을 다 듣고
고개를 숙이며 수긍하는 것을 보면서도
그들은 수긍을 하였는데
너에 대한 일은 모를 줄 알고 묻느냐는 것이냐면서
내게도 수화기를 주었다

내가 지은 죄 두려워 말 한 마디 못하고
수화기를 그대로 다음 사람에게 넘겨 주었다
꿈속에서도 양심이 있어 내 죄를 들을 수가 없었다

오전 5시인지 오후 5시인지

잠이 깨어 시계를 보고
오전 5시인지 오후 5시인지
알 수 없는 때가 있다

어렸을 때 학교 갔다 와서
대청마루에서 한잠을 자고 깨어
가방을 들고 밖으로 뛰어나가면
어른들이 어디를 가냐고 하시면
학교에 늦겠다고 하니
지금은 저녁때라고 하시었던 일이 기억난다

어릴 때나 늙어서나
착각은 매한가지인가 보다

지금은 집사람이 옆에 있어
물어보아 다행이니
어머니, 할머니 대신 보살펴 주는 이가 아내로구나
배필(配匹) 역할을 톡톡히 하여주는구나

잠 오는 약

요즈음 대엿새 잠이 오지 않아
밤이 오는 것이 두려웠다

병원에 갔더니 약을 지어주면서
잠자기 한 시간 전에 한 알씩 먹으라며
열흘 치를 지어주어 이틀째 먹고 나니
잠이 쏟아져 푹 잠을 잤다

어려서 시험공부할 때에
잠이 오지 말라고 약을 먹었는데
늙어서는 잠이 오질 않아
잠이 오라는 약을 먹는구나

잠이 오면 자고
잠이 깨면 일어나던
젊은 날이 그립구나

그래도 좋은 약이 있어
단잠을 들게 하여 주니 고맙다

남은 날을
주님의 은혜 생각하며 살자 (롬8:27)
박성영 담임목사님의 설교 말씀에
더욱 깨닫게 되는구나

롯의 아내를 생각하라

"롯의 아내는 뒤를 돌아보았으므로
소금기둥이 되었더라" (창19:26)

하나님이 그 지역의 성을 멸하실 때
곧 롯이 거주하는 성을 엎으실 때에
하나님이 아브라함을 생각하사
롯을 그 엎으시는 중에서 내보내셨더라" (창19:29)

오늘날에도 예수님을 믿으면 죄 사함 받고
천국에 가서 영원히 살지만
예수님 믿지 아니하면 지옥에서 영원히 고통을 당한다

"예수님은 손에 쟁기를 잡고 뒤를 돌아보는 자는
하나님의 나라에 합당치 아니하니라" (눅9:62)

이 세상 종말에도 롯의 시대와 같이
다른 사람들은 먹고 마시고 시집가고 장가가고
장사하는 일에만 몰두하다 보면
완전히 패망하게 되는 날이 올 것을 말씀하시면서
우리에게 경고하신 말씀이리라

롯의 아내는
세상에 대한 미련의 위험성과
하나님의 말씀을 기억하지 못함에 위험성을 일러주고 있다

코로나 유행병

한겨울에 코로나 유행병 때문에 온통 야단법석이다
마스크를 너도 나도 쓰고 조심스럽게 출입을 하며
사람 많이 모이는 곳을 피하고
택시를 타면 많은 사람들 중에 코로나 감염자가 탔기에
모두 택시를 피하니 자가용이 없는 노인은 집에만 있다

대지공원묘원 묘지 관리인이
아직 매장도 하지 아니한 묘의 관리비를 재촉하기에
호통을 치고 나니 속이 시원하다

세상사에 하나라도 "그래 그래야지" 할 일이 없으니
세상 살맛이 없어 누워서 이일 저일 생각하다가
나오는 대로 글을 써보며 오늘 조선일보에
적명스님의 글 한 구절을 읽는다
"하루가 헛되었다 후회 말라… 헛것이 모여 퇴비가 되리니"

적명스님(寂明, 1939~2019)은 일기에서
"남에게 강요해 싫은 마음을 일으키게 하면 불법(佛法)이 아니다"
라고 말했다

자기는 아니하고,
남에게 강요를 하여 싫은 마음을 일으키게 하는 것은
부처님의 가르치심이 결코 아니라는 말씀이다

죽어서는 아니 된다

무서운 전염병이 돌고 있을 때 죽어서는 아니 된다
감염이 온 가족들에게 되었다고 격리를 당할 것이고
아는 사람들이 조문도 오지 아니할 것이고
문병조차도 아니 올 것이기 때문이다

전에는 죽으면 지옥에 갈 것이 두려웠는데
지금 죽으면 코로나 전염병으로 죽은 것으로
가족들과 격리되고 온 동리에 야단이 날 것이니
내 무슨 죄가 있어서냐

죽어도 마음 편하게 죽어야
하나님의 품안에 안겨 하늘나라 백성이 되어
영생을 맛보며 사랑을 받을 것이다
하나님께 기도하면서 살리로다

지은 죄 태산같이 쌓였건만
회개하고 죄 사함을 간구하면
겨자씨만큼의 용서함 받아
하늘나라 올라가리라 믿습니다

빛 못 본 아이

옛날 수도원 근처에 어린 아이들이 버려졌고
순흥 소수서원이 있는 근처 개울에도 버려졌다고 한다
그래도 이들은 세상에 태어나 빛을 보고나 죽었다

잉태된 아이가 뱃속에서 나와 보지도 못하고
산아제한이라는 사회적 인구문제에 해결, 우생학적 사회개량
따위의 목적으로 인공적인 피임방법을 통하여
수태와 출산을 제한하였던 일로 많은 생명이 죽었다

남양 성모성지를 둘러보다가 깜짝 놀랐다
나무그늘 돌 위에 앉아 쉬다가
어느 신부님이 바위에
"아이야 미안하다!" 라고 새긴 어린 아이 앞에 장난감이 있는데
누구 하나 그 앞을 그냥 지나가지 못하고
측은한 마음으로 서로 번갈아 바라보며
살인죄를 참회하고 있다

나 또한 죽을 날 얼마 남지 않으니
아이를 만나면 무슨 낯으로 볼 것이며
하나님 앞에서 그 무서운 심판을 받을 생각을 하니
지옥에 떨어져 꺼지지 않는 불이
몸을 사르는 듯하구나

굼벵이

제천에 살고 있는 사랑하는 조카 송영수가
이번에는 선물을 택배로 보내주어 뜯어 보니
"활력 감천마을 굼벵이환" 이다

어릴 때에 살아 꿈틀거려 질겁을 하였는데
그 생각이 나서 온몸이 오싹하여 지나 열고 보니
한 봉지에 50알이 들어 있어 뜯어 물과 함께 마셨다

게으른 아이를 굼벵이라 놀렸는데
지금도 생각하면 징그러워서 온몸이 오싹하나
물과 함께 다 마셨다

나이 들어 온 팔다리가 말을 듣지 아니하니
제발 게으르지나 말았으면 좋겠다

며칠을 먹어도 이상이 없어
좋다는 것을 혼자만 먹기가 안 되어
집사람에게 먹자고 하니
됐다고 하며 더 이상 말을 하지 않는다

이 징그러운 굼벵이를 어떻게 해서 먹기 시작했을까
곰곰이 생각해 보니
어떤 사람이 모르고 먹었는데 별탈이 없고
오히려 힘이 솟음을 느껴 시험을 거쳐 먹게 되었나 보다

천상의 꿈을 꾸고

초겨울 따뜻한 방에서 낮잠이 들어
천상의 꿈을 꾸고
지상에서 꿈을 되새겼다

천상의 꿈은 갈 날이 가까이 다가왔음이요
지상에서 되새김은 남은 일을 마치라는 뜻이니
헛된 꿈은 없구나

천상에서 보고 싶은 분 둘러보니
할머니가 어릴 적 모습 그대로
반갑게 나를 안아주신다

꿈을 깨어 지상에 내려와 할 일을 찾으니
꿈은 역시 헛된 것이 없으니
이 또한 즐겁고 기쁘도다

나이 팔십이 되었어도 마음은 어린데
천상을 올라가 보니 어릴 때 올라간 동무들은
그대로의 모습이구나

하나님 주신 사랑 감사하며
당부하신 말씀 순종하리라
부모님과 도와주신 여러분께도 감사한다

아파트로 이사 옴

이사 온 지 보름이 되어도 아파트의 밤은 괴롭다
살던 집은 웃풍이 심하여 괴로웠는데
아파트는 너무나 바람이 통하지 아니하여
자다 깨면 답답하여 창문을 열어 소통을 하나
한겨울 찬바람에 바로 닫아야 한다

큰딸이 사 온 자동청소기
문지방을 넘어 이 방, 저 방, 주방, 거실까지
청소를 마치고는 자기 자리로 돌아와 멈춘다

둘째딸이 사 보내준 깨끗한 소파는
색깔도 좋고 편안하여 아주 좋다

셋째딸은 예쁜 나비꽃 찾아 가볍게 나는
도자기 물잔 한 벌이 봄바람 따뜻하게 집안에 가득하다

아들은 쉬지 않고 이곳 저곳 부지런히 손을 보며
틈틈이 창틀이며 구석구석 손을 본다

늙은 두 부부는 언제나 적응될지
모든 것이 서툴러 어리둥절하며
13층에서 세상을 내려다본다

제2부

하나님이 좋아하신 것

내가 나를 몰라본다

이사를 오니 먼저 살던 분이 화장대를 두고 가서
책상 삼아 앉아 있으려니
앞면 거울에 비친 나를 보고 종종 놀란다

웬 사람이 들어왔나
들어와서 나를 쳐다보는가
나를 따라 움직이는가

놀라기도 하고
무섭기도 하고
우습기도 하다

나이 팔십이 되다 보니
생각지도 못한 일이 다 있어
혼자 웃으며 천정을 본다

동지섣달 긴긴 밤에
잠이 깨어 보니
아직도 자정이 되지 아니하였다

집사람이 날더러
글쟁이라고 하더니
또 한 수 쓰고 나니 기쁘구나

예수님의 말씀을 옮겨 쓰며

예수님의 말씀을 시(詩)의 형식으로 조심스럽게 옮깁니다

하나님께서는 천지만물을 창조하시며 사람을 특별히 지으셔
땅위에 모든 것을 다스리라시며 축복까지 하여 주셨건만
말씀 거역하여 죽을 수밖에 없으나 생명만은 거두지 않았건만
거듭되는 불순종에서 또 구하려고
선지자, 사사, 임금을 보냈으나 소용없어
마침내는 우리를 죄에서 구원하여 줄 구세주
예수 그리스도를 보내주셨으니
임이 가르쳐주신 말씀, 부활하신 후에 들려주신 말씀,
환상으로 사도들에게 들려주신 말씀입니다

그 많은 믿음의 선지자와 임금이 보고자 하였으나
보지 못하고 듣고자 하였으나 듣지 못한 귀한 말씀
그 말씀을 읽고 생각하며 들려오는 세미한 임의 음성을
쉽고 편하게 읽으며 우리 함께 기뻐하고 즐거워하고 싶습니다

바리새인, 사두개인, 서기관, 외식하는 자에게 하신 책망은
오늘 나에 대한 따가운 깨우침이요
그 책망하여 주심도, 보살펴 주심도
감사의 도가니 속에 넣어져 녹고 있습니다

세상 끝날까지 항상 함께 있으리라는 복된 말씀은
더 바랄 것이 없도다

이 책을 읽는 분들과 같은 은혜를 받게 되는
평생에 다시 없는 보람 조용히 머금고
기쁘고 즐거움 같이 하길 간절히 기도합니다

정월 대보름달

저녁을 먹고 창문을 여니 정월 대보름달이
산봉우리 위로 얼굴을 내밀며 반갑게 웃는다

윤선도의 오우가 첫머리가 떠오른다
"내 벗이 몇인가 하니 수석(水石)과 송죽(松竹)이라
동산에 달 오르니 기 더욱 반갑구나
두어라 이 다섯밖에 또 더하여 무엇 하리"

어릴 적에 해 질 무렵 앞동산에 올라
솔가지 생으로 꺾어 한 아름씩 불을 피우며 "망월이야" 외치면
어른들은 옷갓을 갖추고 달이 오르는 상봉우리를 바라보며
일년 농사가 풍년일지 흉년일지를 알려고 애쓴다

여든이 넘어 내 나이조차 정확히 모르지만
올 일년 몸 건강하여 자식들 힘들게 하지 아니하여 주시길
하나님 아버지께 두 손 모아 기도합니다

"둘이서 마주 앉아 잔을 나누니
산에 꽃은 피었는데 한잔 한잔 또 한잔 끝이 없다
나는 취해 졸리니 그대는 일단 돌아가게
내일 아침 기분이 내키면 거문고 갖고 오게나" 〈이백(李白)의 시〉
이 시가 떠오른다

묘지 관리비

2000년 2월 12일 충북 음성군 생극면 오신로에 있는 대지공원묘원에
납골묘를 설치하였더니 2020년 2월 11일 만기가 되었다고
관리비 75만원을 납부하라는 안내문을 받았다

빈 무덤을 무슨 관리를 했다고 관리비를 내라는 것인가 화가 치밀었다
나이 팔십이 되어 아직 죽지도 못하였는데 무슨 돈이 있으며
후에 자식들에게 큰 부담이 되어 걱정이다

당장 계약을 해지하려고 내용증명 우편으로 통지를 하려고
통지서를 작성하고 잠을 잤다

꿈에 자손들이 성묘하러 와서 넓고 안전한 공간에 뛰노는 모습에
이보다 좋은 곳이 어디 있겠는가
깜짝 놀라 생각하니 5년에 한 번 내는 관리비는 별것이 아니었다

매사란 깊이 생각하여야 되겠구나
그대로 두고 관리비를 내야 이곳에 편히 잠들 수 있을 것임을
다시 한 번 깨달았다

5년 후에 아들이 낼 때에
그도 이렇게 깨닫고
기쁘고 즐거운 마음으로 행하여 주었으면 좋겠다

오른편 다리가 저릴 때

가끔 저리고 침대 위에 누우면
오른편 다리가 저릴 때가 있다

다시 일어나 왼편 다리에
호랑이 연고와 홍삼파스를
붙이고 있으면 잠이 잘 온다

어른들이 손가락에 자던 침을
콧등에 바르라고 하셨다

말씀대로 하고 있으면
어느새 잠이 든다

우리 할머니는 우리 집에
가정 의사임이 틀림 없었다

넘어지면 피가 흐르는 무릎에
흙가루 곱게 불어 솔솔 뿌려주셨고

산에서 낫으로 손을 다쳐 피가 나면
소나무 가지 꺾어 속껍질을 붙여주셨다

감기가 들면 콩나물국에 고춧가루를
매콤하게 넣어주시면 먹고 자고 나면
거뜬하게 낫는다

반집승의 기쁨

혼자서 짧은 시간을 보내기에는 별 마땅한 것이 없으면
컴퓨터 바둑을 두면 재미있다

먼저 둔 사람에게 4호반을 가산하여 주기 때문에
동점으로 비기는 일이 없이 승부가 난다

혼자서도 흑을 둘 때에는 흑의 승리를 위하여 심사숙고하고
백을 둘 때에는 백을 위하여 노력하여야 한다

오늘도 새벽 2시에 깨어 바둑을 두며
집중력을 단련하여 보았다

혼자 두는 바둑이면서
반집승의 기쁨도 있어
재미가 있고 시간이 잘 간다

어쩌다 친구들과 기원에 가서
바둑을 두다 보면 별별 사람이 다 있다

한 번만 물러달라는 사람
호구가 되니 물러달라 애걸복걸하는 사람

안 된다고 우기는 사람

그래도 집중력이 생겨
매사를 곰곰이 생각하는 버릇이 생긴다

콧속 털

콧속 털이 자라 입술 밖으로 나오면
근지러워 작은 가위로 잘라낸다

잘라낸 후에 다시 자라서 콧속을
더 간지럽게, 따끔따끔하게 한다

신체 어디에 있던 그대로의 역할이
다 있어서 소용없는 것이 없다

눈썹은 머리에서 흐르는 물이
눈 속으로 들어가는 것을 막아준다

겨드랑에 있는 털은
팔을 휘저을 때에 마찰을 없애준다

머리카락은 뜨거운 햇볕을 막아
피부를 보호하여 준다

종아리에 있는 털은
옷을 입고 활동할 때 마찰을 줄여준다

귓속에 털은
먼지가 고막을 보호하여 준다

대화의 정겨움

단 둘이서 이야기를 주고 받는 것과
한 사람이 여러 사람 앞에서 연설하는 것은
아주 다르다

대화할 때에는 정겨운데
연설을 들을 때에는 그렇지 않다

가끔 목사님과 전화할 때에는
설교할 때와 알아들을 수 없게 다르다

대화 속에는 정이 들어 있어
연설과 다른가 보다

정은 대화를 통하여야 하는 것으로
하나님 아버지께도 간절한 기도로 해야 하나 보다

그런데 전화를 받을 때에는
음성마저도 알아들을 수 없게 다르다

음성은 그 색깔이 사람마다 특이하여
다른 사람 목소리를 흉내 낼 수가 쉽지 않다

시나 수필 같은 글보다는
많은 대화를 통하여 사람을 사귀고 싶구나

효자손

낮잠을 자고 깨면 유난히 등이 가렵다
머리맡에 있는 효자손으로 손이 안 닿는 곳을 긁는다
피가 나도록 긁고 싶다

세상에 이런 효자가 어디 있겠느냐
길러놓으면 곁을 떠나 얼굴도 모른다

집사람도 같이 늙어
긁어달라고 등을 돌려 댈 수 없구나

그렇다고 어린 손자 손녀도 없어
더욱 효자손이 고맙구나

여행길에 사다 놓은 효자손이
제법 효자 노릇을 잘하여 고맙다

대나무는 굳고 단단하여 많은 곳에 쓰이나
효자손의 역할을 아주 잘하는구나

하나님이 좋아하신 것

하나님이 천지만물을 만드신 중에 좋아하신 것이 있다

빛을 좋아하셨다

땅과 바다를 좋아하셨다

풀과 씨 맺는 채소와 열매 맺는 나무를 좋아하셨다

큰 광명체와 작은 광명체 별들을 좋아하셨다

큰 바다짐승들과 물에서 번성하여 움직이는 모든 생물과
날개 있는 새들을 좋아하셨다

땅에 짐승들, 가축, 땅에 기는 모든 것을 좋아하셨다

남자와 여자를 심히 좋아하셨다(창1:4-31)

하나님이 좋아하시는 것을
우리가 좋아하면
하나님은 우리 편을 들어주실 것이다

동양에서는 '인간이 만물 중에 최귀(最貴)하니라' 고 하였다

꿈에 돈을 드리다

무슨 작품을 만들어 출품을 하려고 가니
가지고 온 출품 작품을 작동하느라고
여기 저기에서 분주하다

작동이 안 되어 낭패를 보는 사람
잘 되어 기뻐하는 사람
별 사람이 다 있다

행렬에 끼여 가기가 싫어
작품을 꺼내지 아니하고
진열장에 놓고 나왔다

정문에 나오니
아버지가 40만원이 있느냐 하시어
주머니에 보니 80만원이 있어
40만원을 드리고 있자니
장모님이 외상값을 몇 군데 주어야 한다며
얼마인지 달라는 대로 드렸다

넉넉하게 돈이 있어
두 분에게 드려 마음이 좋았다

코로나야

나라 안과 밖을 병마의 도가니로 만들고 있는
너 코로나야 이 고약한 녀석아!
네가 어찌하여 더러운 곳을 떠나
사 천년 유구한 역사를 정결한 백의를 입고 살아온
백의민족이요 하나님의 자녀들을 병마로 괴롭히느냐

중국의 한민족이 살아온 중국인들은
세계 어느 나라를 가도 위생관념이 없는 사람이라고
천대를 받고 있지만
우리 백의민족은 대우를 받고 있는 것을
코로나야 너희들만 모르고 하나님의 뜻을 거역하고 있구나

어서 삼천리 금수강산에서 썩 물러가거라
하나님의 진로하심이 눈앞에 다가왔다

하나님의 자녀 중에 한 사람이
하나님의 아들 예수 그리스도의 이름 받들어
간절히 두 손 모아 기도 드린다
사탄아 물러가거라! 가지 않으면 불살라 버리겠다

십승지지

전해 내려오는 십승지지(十勝之地)란 곳이 있다
우리나라에 전쟁과 병마를 이겨낼 수 있는 열 곳을 말한다
마곡사(麻谷寺)가 있는 계곡을 비롯하여 열 곳이다
공교롭게도 그곳들이 38선 이남에 있는 것을 보고 놀란 일이 있다

코로나도 피할 곳이 있을 것이다
현대 의술로도 어려워 세계 여러 나라가 고민을 하고 있으니
우리는 비과학적이라 몰아붙이지 말고 지혜로운 우리 조상들의
비법을 찾아보는 것도 좋을 것 같구나

하나님은 병마를 만드셨으면 분명 그 병마를 치료하는 약초도
내었을 것으로 믿는다
지난날 그렇게 약을 찾아낸 일이 있다

슬기로운 우리 조상들은 하나님의 편에서 찾아낼 것이라 나는 믿는다

코로나는 전국으로 무섭게 퍼져나가고 세계 각국이 초비상인데
늙은이의 생각으로는 이것뿐이니 안타까운 심정이로구나

사랑의 하나님께서는 분명 우리를 불쌍히 여겨
병마를 물리쳐 주실 것이라 믿는다

하나님 편에서 본 코로나

하나님이 세상을 창조하실 때
천지만물을 지으신 후에
흙을 빚어 사람을 만들고
코에 하나님의 입김을 넣었다

그런데 우리는 그 정결한 몸과 마음에
얼마나 더러운 것들과 생각을 넣었는가

입에 당기는 대로 먹고
생각나는 대로 행하였다

몸과 마음을 불결하게 하였으니
주인이신 하나님 아버지께서 노하지 아니하시겠는가

입으로 술, 각종 음료, 그리고 담배와 아편
코로는 각종 향료와 화장품 냄새를 들이마셨다

입으로 뱉어버리는 고약한 욕과 저주 시기
마음으로 품은 탐욕, 질투, 헛소문…

너나 할 것 없이 다 이러하니
어찌 하나님은 전염병의 고통을 주지 아니하시겠는가

흰 머리털

검은색 속내의를 벗으면 안쪽으로 흰 머리털이 많이 들러붙어 있다
하나 하나 떼어내야 스멀거리지 않는다

그런데 이 흰털을 떼어내는 것이
어렸을 때 이가 낳아 놓은 회색 알을 옷에서 떼어내는 것 같다
이는 이과에 속하는 곤충인데 사람의 몸에 기생을 하며
길이가 2-3밀리미터가 되고 회백색이다

6.25전쟁 나기 전에는 어린아이들 머리털에까지 하얗게 까려 놓았다
유엔군들이 들어오자 지프차를 타고 가며 소독을 하여 주어 박멸되었다

나도 마찬가지였다.
엄마나 누나들이 잡아주어도 당해낼 수 없이 번성을 하였고
속옷 틈바구니에 알을 낳아 놓으면 그것을 서캐라고 하고
서캐가 부화하여 이가 되었다

늙으니 흰 머리털이 그때의 서캐 같구나

어머니와 누나들이 보고 싶다
오늘 밤 꿈에라도 보고 싶구나

생시 같은 꿈

잠이 깨면 꿈은 슬며시 잊게 마련인데
간밤에 꾼 꿈은 깨고 나서도 누워서
꼼짝 못하고 이렇게 많은 사기를 당하다니 하며
그 약수를 한참 동안 계산을 하며 떨었다

누군가 알 듯 말 듯한 사람이 회사를 설립한다기에 많은 돈을 주었다
등기 공무원까지 한 자가 회사등기부등본과 정관도
살펴보지 않고 많은 돈을 주고 고민하고 있었다

평소에 돈을 은행에 저금하여 관리하였는데
이렇게 개인에게 속아 넘어갔는지 알 수 없다

한동안 고민하다가 꿈인 것을 깨닫고도
긴가민가 애태우며 누워있다가
용기를 내어 벌떡 일어나 책상 앞에 앉아
시간을 보니 새벽 3시가 넘었다

정신을 차려 이 글을 쓰면서
혼자 한숨을 지으며 정신을 가다듬었다
현금을 조금이라도 은행에 저금하니
잘 알아보고 은행에서 찾을 것이니 걱정은 없다

자식을 기르는 데에는 할머니가 계셔야 한다

자식을 낳아 기르다 보면
아비는 안쓰러워 심한 말을 못하고
엄마는 귀엽게만 보여서 잘못을 고쳐주지 못한다

할아버지는 손자 손녀가 귀엽기는 하지만
장래를 바라보며 바르게 알려주며 얼러주면
손자 손녀도 더 좋아 자랑을 늘어놓는다

할머니는 아비 어미가 바빠서 도와주려고
대신 손자 손녀를 가르쳐 주며 즐긴다

요즈음에는 할머니 할아버지와 함께 살지 않아
오면 반갑기만 하여 훈육할 시간이 없다

자라온 어린 시절을 되돌아보면
할머니의 가르침이 나의 길을 바로잡아 주었다

그래서 자식을 기르는 데에는 할머니가 계셔야 한다
자식을 길러 보니 좀처럼 어려운 일이 아니다

학교에서 우등생으로 자라 사회에서 별탈없이 생활했지만
자식들을 잘 기르지는 못하였음을 늙어 깨닫는다

하나님 편에서 본 코로나

하나님이 세상을 창조하실 때
천지만물을 지으신 후에
흙을 빚어 사람을 만들고
코에 하나님의 입김을 넣었다

그런데 우리는 그 정결한 몸과 마음에
얼마나 더러운 것들과 생각을 넣었는가

입에 당기는 대로 먹고
생각나는 대로 행하였다

몸과 마음을 불결하게 하였으니
주인이신 하나님 아버지께서 노하지 아니 하시겠는가

입으로 술, 각종 음료, 그리고 담배와 아편
코로는 각종 향료와 화장품 냄새를 들이마셨다

입으로 뱉어버리는 고약한 욕과 저주 시기
마음으로 품은 탐욕, 질투, 헐뜯음, 꼬집음…

너나 할 것 없이 다 이러하니
어찌 하나님은 전염병의 고통을 주지 아니 하시겠는가

뭐하세요

벨이 울려 받으니 외손녀 연희의 목소리다
"연희야 왜?" 하니
"그냥 궁금해서요" 하면서
학원에 가는 길이란다
시계를 보니 오후 5시이다

사람은 서로 말로 통하기 때문에
사람이 그리운 노인에게는
잘 있는지를 묻는 안부(安否)가 복음(福音)이다

초등학교 4학년 어린이가 그걸 알고
목소리를 들려주니 힘이 생겨 기쁘다

자고 나면 밥 먹고, 누워 자는 늙은이
오늘도 글 쓸 거리가 생겨 좋구나

건강하게 자라서 열심히 공부하여
좋은 일 많이 하여 훌륭한 사람이 되어다오
약한 사람 늙은 사람 보살펴 주는 따뜻한 사람이 되어
평안한 세상을 이루어 나아가는데 보탬이 되어다오
너를 다 내려다보고 계신 하나님께서
사랑하여 주시는 사람이 되어다오

자랑 끝에 불난다

우리 속담에 자랑 끝에 불난다라는 말이 있다
며칠 전에 초안 잡지 아니하고 본문을 써 내려간다고
마음 속으로 자랑을 했더니 그 다음부터는 아니 된다

그렇다 자랑은 금물이다
자랑하면 방심하게 되기 때문이다
세상만사가 다 그렇다

전쟁을 하는데 이길 것이라고 자랑하면
방심하게 되어 패하는 것이다
정신 바짝 차리고 있어야 승리한다

긴장이 아니라 적을 똑바로 보고 있으면
적의 약점이 보인다
이때를 놓치지 말고 돌격하여야 한다

최전방에서 경험을 하였다
두려워함은 금물이요
아래 배에 힘을 주고 적을 바라보아야 한다

남자에게 군인생활은 세상을 살아가는데
참으로 많은 도움이 되었다 이를 늘 감사한다

세상을 바르게 사는 삶

속대발광욕대규/ 주기도문으로 힘을 얻는다
재미있는 생각의 결과가 나왔다/ 내 걷는 모습/ 시를 쓰는 속마음
세상을 바르게 사는 삶/ 텔레비전을 켜는 것조차 두렵다/ 아침인지 저녁인지
일곱 집 반 승/ 신천지/ 나의 주적은 어느 것인가/ 수면과 면역
인사를 받으며/ 유월절/ 3.1절 100주년/ 세월이 약이다
재첩국/ 왜 내가 이렇게 잘하는지 모르겠어요
혼자 만족하게 시험을 보다/ 홍역

속대발광욕대규

한문 선생님이 어느 여름 더위에 알려주신 말씀이다
속대발광욕대규(束帶發狂慾大叫)란
한여름 더위에 의관을 갖추고 방에 앉아
책을 읽자니 갑갑하여 허리띠 풀러 옷을 활활 벗어 던지고
미친 듯이 소리를 지르고 싶다는 뜻이다

요즈음 날씨는 더운 것은 아니나 상쾌하지 아니하고
선잠 깬 것 같아 도무지 의욕이 생기지를 않는다

코로나라는 신종 전염병이 돌아
환자가 늘어나 백여 명이 죽었다는 침울한 소식뿐
반가운 소식은 들려오지 않는다

그래서 속대발광욕대규라도 하고 싶다
찜질방을 찾는 분들 많이 있지만
나는 갑갑하여 참지를 못하여 가지 않는다

글을 쓰며 그 속에서 희열을 느끼며
떠오르는 추억 속에 기쁘고 즐겁다
이것이 유일한 즐거움이로다

주기도문으로 힘을 얻는다

하늘에 계신 우리 아버지여
이름이 거룩하심을 받으시오며
나라가 임하시오며
뜻이 하늘에서 이루어진 것같이 땅에서도 이루어지이다
오늘 우리에게 일용할 양식을 주시옵고
우리가 우리에게 죄 지은 자를 사하여 준 것같이
우리 죄를 사하여 주시옵고
우리를 시험에 들게 하지 마시옵고, 다만 악에서 구하소서
나라와 권능과 영광이 아버지께 영원히 있사옵나이다. 아멘(마6:9-13)

아침, 저녁, 수시로 힘을 얻습니다
하나님께 드리는 말씀이오니 이루어질 것을 믿습니다
그리고 영원할 것을 믿습니다

연약하여지는 내 마음에 힘이 되어 주시는 기도
예전에는 이렇게 힘을 주실 줄을 미처 몰랐습니다
연약하여질수록 이 기도는 하나님이 힘을 주십니다
하나님의 독생자 예수 그리스도께서
직접 일러주신 기도임으로 복되도다
어떤 사탄도 버티지 못할 것입니다

재미있는 생각의 결과가 나왔다

월간문학 2월호와 내가 지은 제23시집을
내가 살고 있는 아파트 13층 엘리베이터 앞에 둔 것이
사라졌는데 봉투와 시집 겉표지에 내 이름과 전화번호
그리고 주소가 있고 겉봉투에는 굵은 글씨로
누구든지 가져가세요 쓰고 내 이름도 썼다

며칠이 지나도 연락이 없다
생각한 바와 같았다
재미없는 세상이다
어디 이것뿐이랴

너나 나나 감사할 줄 모르는 세상
삭막한 세상 험한 사막을 걸어가며
하늘을 바라본다

하나님의 사랑을 생각하면
감사할 일 밖에 없건만은
나와 모든 사람이 한결같다

하나님의 아들 예수 그리스도께서
직접 일러주신 주기도문으로 시작하여
주기도문으로 마치는 삶을 살아야겠다

내 걷는 모습

지금 내 걷는 모습, 방안에서 걷는 모습이
젊어서 술에 취하여 걷는 모습이로다

손바닥 벌려 벽지를 더듬으며 비틀비틀
하늘 높은 줄 모르고 걷는다

그래도 소리를 지르지 않아 좋다만
어린 손자 손녀 볼까 두렵구나

팔십 먹은 나이에 취하여 걸어서
간신히 자리에 누우니

꿈속에 지난날을 헤매며
흥겨웠던 기억을 되씹네

이것이 내가 시를 퍼 올리는
샘인가 보다

버드나무 옆에 물동이 든 아가씨는
물 한 바가지 권하며 웃는구나

시를 쓰는 속마음

시를 쓰는 속마음이
전에는 누군가 읽고 공감하며
서로 느낀 감동을 나누고 싶어서
시집을 읽을 만한 사람들이 모이는
교회 사교마당에서 나눠주기도 했다

한 사람도 그런 사람을 만나지 못해
그런 기대는 버린 지 오래되었다

순간 순간 떠오르는 샘을 막을 수 없어
술술 써내려가다 보면 혼자 웃음이 나온다

그렇다 민들레 씨알이 하얀 털 가볍게 타고
어딘가 내려앉은 땅에 뿌리를 내리고 꽃을 피운다

어느 봄날 노란 빛, 흰 빛 고운 꽃송이에
벌들이 모여든다

나도 아마 이런 때를 은근히 바라는가 보다
그러면 내가 지닌 꿀 아낌없이 주련다

세상을 바르게 사는 삶

사서삼경에 중용이 있는데
옛 사람들은 어느 쪽으로도 치우치지 말고 살라며
이를 중용(中庸)이라 하였다

하나님의 편에 서서 살아가는 것이
세상을 바르게 살아가는 것이라고
예수님은 말씀하셨다

"이같이 너희 빛이 사람 앞에 비치게 하여
그들로 너희 착한 행실을 보고
하늘에 계신 너희 아버지께
영광을 돌리게 하라" (마5:16)

이 편도 들지 말고 저 편도 들지 아니하는 삶이
우리가 바르게 사는 것이 아니다

우리가 하나님 편에 서서 하나님을 따라가는 삶이
세상을 바르게 살아가는 것이다

여당 야당 어느 편도 아닌
하나님 편이 바르게 살아가는 것이다

텔레비전을 켜는 것조차 두렵다

신종 코로나 전염병이 전국으로 퍼져나가고 있어
뉴스를 들으려고 텔레비전을 켜는 것조차 두렵다

우선 음식점에 가지 말아야 하고
사람이 많이 모이는 곳에 가지 말고
택시를 타지 말아야 하고
대중교통을 이용하지 말아야 한다

조선시대에 죄를 지어 귀향을 온 것과 같이 살란다
그래도 다행인 것은 생각하는 것과 글을 쓰는 것은
전염병에 걸리지 않는다는 것이다

대구에서 몇 명, 제주에서 몇 명, 수원에서 몇 명……
야단이다

바이러스를 박멸하는 약을 연구 중에 있다고 한다
옛날부터 '병 주고 약 준다'고 했다 호들갑 떨지 마라
나는 믿고 있다 하나님의 편에 서면 된다

그래도 아이들에게는 마스크를 하라
사람 많은 곳에 가지 말라
손을 깨끗이 씻으라고 하라

아침인지 저녁인지

자고 일어나서 아침인지 저녁인지를 모르겠다
저녁이라고 하면 내가 저녁은 먹었냐고 묻는다

꿈속에서는 옛 친구들이 모여 담소하는데
평소처럼 이야기는 잘 하는데
방명록에 이름 석자를 쓰는데
글씨가 안 되어 애를 먹는다

꿈이 깨어 걱정이 되어
볼펜으로 쓰는 데 이상이 없고
컴퓨터로 치는 데 이상이 없어
다행이라 감사하면서 글을 쓴다

꿈속에 글자를 못쓰겠어
그림을 그려 보았으나
눈 코 입 귀 팔 다리를
제자리에 그리지를 못했다

그런데 천만다행은
하나님이 우리를 사랑하신다는
사실은 확실히 믿고 감사를 드린다

일곱 집 반 승

새벽에 잠이 깨면 혼자서 바둑을 두어
일곱 집 반을 이기는 때가 많다
기분이 참으로 좋고 생기가 나며
오늘 할 일을 계획하게 된다

옛날 장수들이 전쟁터에서 부하들을 지휘하기 전에
장기, 바둑을 두어 정신을 가다듬은 후에
작전계획을 세운 것도 이 때문이었나 보다

인생계획도 바둑을 두어 정신을 맑게 한 후에 하여야
하나님이 지혜의 은혜를 주셔 인생승리를 할 것 같다

"동창이 밝았느냐 노고지리 우지진다
소치는 아이놈은 상기 아니 일었느냐
재 너머 사래 긴 밭을 언제 갈려 하느냐"

이 소리에 목동은 일찍 일어났고
학동은 단잠에서 깨어 책을 읽었다

새벽 일찍 논밭을 살펴보고 돌아오신
아버지 노끈 꼬시며 잠 깨워 천자문을 일러주셨기에
팔십이 넘어도 잠이 일찍 깨어 책을 읽고 글을 쓴다

신천지

사탄은 결국 신천지(新天地) 이단을 사용하여
전 세계에 코로나라고 하는 전염병을 확산하고 있다

오랜 옛날부터 삼천리 금수강산을 병마들은 휩쓸고 있다
세계에서 위생관념이 엉망인 중국인들이
이 병에 감염되어 있는데도 그들을 나라 안으로 이끌어들인
대통령이 있기 때문이다

새로운 하늘과 땅이 세상에 있기나 한 것인가
사도 요한이 밧모야 외딴섬에서 계시한 것을 보았을 뿐인데
사탄의 유혹을 받은 자들이 퍼트린 헛소문들이다

하나님께서 깨끗한 백의민족 우리 하나님의 자손에게 주신
금수강산을 어찌 감히 더럽힐소냐
하나님의 편에 서서 하나님의 아들 예수 그리스도의 말씀을
굳게 믿어 복을 받을 뿐이다

나의 주적은 어느 것인가

밤이면 이리 뒤척 저리 뒤척
문을 열었다 닫았다
일어났다 누웠다
내의를 벗었다 입었다
어느 것도 시원하지 않으니

나의 주적(主敵)은
밤인가 잠인가
알 수가 없구나

주적을 모르고
누구와 싸우자는 것이며
어찌 승전을 하겠는가

할 수 없이
이렇게 글을 쓰며
생각하여 보자

총부리 겨눌 곳을 몰라
글 속에서 찾아보려 하니
이 또한 우매한 짓이로다

수면(睡眠)과 면역(免疫)

코로나 전염병이 극성을 부리고 있는 이때에
누우면 잠이 쏟아진다
걱정이 되어 어떻게 하면 잠을 덜 잘 수 있나
곰곰이 생각을 하였다

아침 신문을 읽다가 깜짝 놀랐다
수면이 감염에 최고 면역제라 한다
잠을 자는 동안에 손상된 조직이 복구되고
바이러스를 없애는 T세포를 강화시켜 준단다

잠은 침대에서만 자라
밤 10시에 자라
자기 전 식사금지
엎드려 자지 않기
교감신경 자극제 술 커피 멀리하기
몸 데우고 잠들기
낮에 활동하고 밤에는 잠잠히

좋은 지식을 깨달았다

인사를 받으며

틈틈이 나가 다니다가 알아보고 이름 석자를 대며 하는
반가운 인사를 받으며 내가 알아보고 그의 특징을 대면
그렇다고 하여 더욱 정겹다

오늘은 "법무사 이동화입니다" 하면서
나를 알아보고 인사를 하여
"출장 다닐 때 자동차에 순찰차처럼 경적을 울리며
다니던 것이 기억난다"고 하니 더욱 반가워 하였다
기억력이 좋은 것도 하나님께서 주신 선물이로다

그런데 너무 기억력이 좋아 괴로운 때가 많다
보고 싶은 사람을 잊지 못하는 것이다

소꿉장난하던 동무들이며, 초등학교, 중학교, 고등학교,
대학교, 군인생활 때, 직장 상사와 동료와 밑의 사람들
너무도 소상하게 기억이 난다

특별히 담임선생님과 과학선생님들이 더욱 간절하다
산과 들로 쏘다니며 역사탐방으로 다녀보았던 곳들의
기억이 더욱 새롭다
늙을수록 주기도문이 마음을 편안하게 하여 준다

유월절

유월절(逾越節)은 구약의 유월절과 신약의 유월절이 있다
구약의 유월절은
"너희는 그것을 이렇게 먹을지니 허리에 띠를 띠고 발에 신을 신고
손에 지팡이를 잡고 급히 먹으라 이것이 여호와의 유월절이니라
내가 그 밤에 애굽 땅에 두루 다니며 사람이나 짐승을 막론하고
애굽 땅에 있는 모든 처음 난 것을 다 치고 애굽의 모든 신을
내가 심판하리라 나는 여호와라
내가 애굽 땅을 칠 때에 그 피가 너희가 사는 집에 있어서
너희를 위하여 표적이 될지라 내가 피를 볼 때에 너희를 넘어가리니
재앙이 너희에게 내려 멸하지 아니하리라
너희는 이날을 기념하여 여호와의 절기를 삼아 영원한 규례로
대대로 지킬지니라" (출12:11-14)
신약의 유월절
"죄의 삯은 사망이요 하나님의 은사는 그리스도 예수 우리 주 안에
있는 영생이니라" (롬6:23)
"이것은 죄 사함을 얻게 하려고 많은 사람을 위하여 흘리는 바
나의 피 곧 언약의 피니라" (마26:26-28)
이튿날 요한이 예수께서 자기에게 나아오심을 보고 이르되
보라 세상 죄를 지고 가는 하나님의 어린 양이로다" (요1:29)
하나님 아버지 오늘날 코로나 병마가 하나님의 자녀의 등을
넘어가게 하여 주시옵소서 아멘

3.1절 100주년

오늘이 3.1운동 100주년이 되는 2020.3.1.이다
학교 다닐 이 날이 되면 태극기 들고 운동장에서
기념식을 마치고 시가행진을 하면
눈이나 비가 번번이 내리곤 했다

장성하여 병천을 둘러보면서 매봉산과 병천을 따라
걷다 보니 유관순 생가와 그가 다니던 매봉감리교회와
조병옥 선생님의 생가를 보았다

3.1절은 1919.3.1. 일제의 지배에 항거했던 독립운동을 기리는 날이다
김구, 유관순, 안창호, 김상옥, 윤봉길 등 순국선열들의 정신을
기념하는 날이다

병천(竝川) 개울 두 개가 나란히 아울러 흘러가고 있다
그래서 아우내라고 한다
우리 일행도 매봉산 기슭 운동장에서
애국가와 대한독립만세를 불렀다

흑성산성 아래에 독립기념관이 있어 둘러보고 내려왔다
'우리 문화 바로보기' 라는 답사팀을 따라 많은 곳을 둘러보았다

세월이 약이다

여자 보험설계사 한 사람이 다가와 이야기를 걸더니
보험 하나 들라고 하여 내용이 좋아 들어주었더니
명절 때가 되면 선물을 사가지고 온다

몇 번 그러면서 만나게 되었는데
또 다른 보험을 들어달란다
이렇게 만나다 보니 정이 들었다

어디든지 가자는 대로 따라왔다
그 여자의 남편이 창원에서 트럭운전수로 일하여
가끔 집에 온다며 달라붙었다

나는 더할 나위가 없이 좋았다
정신을 차려 멀리하였더니
세월이 흘러 늙어지니 해결이 되었다

나이가 모든 것을 해결하여 주는구나
전화하여도 받을 수 없는 곳에 있다며
떨어져 나갔다 세월이 약이다

재첩국

섬진강에서 먹어본 재첩국을 이곳 시장에서 사다 먹으니
참 좋은 세상이다
벚꽃이 필 무렵 그 맛이 제일이라고 하여 가서 먹어본 일 있다
민물에서 사는 작은 조개인 재첩을 끓인 국이다

재첩국 파는 집이 모여 있는 섬진강 백사장 소나무 숲
참으로 아름다운 곳이었다

섬진강이 굽어보이는 산봉우리에는
두꺼비 모양의 바위가 있고
섬진강 나루에는 왜적을 무찌른 두꺼비들을
돌로 조각하여 여러 곳에 놓아
그때를 기억하게 하여 준다

그래서 이 강을 두꺼비섬(蟾) 자를 써서
섬진강이라 부른단다

섬진강 흐르는 물을 바라보며
넓은 벌판에 익어가는 황금물결
바닷물과 만나는 곳에서 잡히는 고기를
맛있게 먹었던 기억도 나는구나

왜 내가 이렇게 잘하는지 모르겠어요

방송에 나온 여자분이 자기가 영어를 연습하였더니
왜 내가 이렇게 영어를 잘하는지 몰랐다고 말을 하였다

무슨 뜻인지를 몰라 어리둥절하였는데
곰곰이 생각하니 그 어려운 영어도
연습을 많이 하니 잘하게 되었다는 것이다

아마 이것을 수다 떤다고 하는가 보다
말을 많이 하는 것이니
어렸을 때 우물가를 지나다가 들으면
물동이 인 채 말 많이 하는 것을 보고 들었다

역시 말로써 말 많으니
말 마를까 하노라는
옛사람의 말씀이 생각난다
말 많은 사람을 말쟁이라 한다

집사람은 나더러 글쟁이라고 한다
시집을 일년에 한 권씩 23년이 되었다
그래서인지 그 말이 듣기 싫지 않다
수다쟁이라는 것보다는 듣기 좋구나

혼자 만족하게 시험을 보다

취직시험을 보는데 문제를 적은 괘도가 펼쳐지는데
"네가 아는 바를 써라" 였다
신이 나서 많이 써서 제출을 하였다

다른 사람들은 쓰지 아니하고 이런 시험을 내었느냐는 둥
이 사람 저 사람 불평을 늘어놓는다
결국 나 혼자 일어나 시험장을 나왔다

다른 사람들이 뭐라고 답을 썼으며
무슨 시험문제를 이렇게 내었느냐고 하나
아무 말도 하지 아니하고 옷을 입고 나왔다

이렇게 보기 쉬운 시험이 어디 있나 하면서
내 마음에 만족하게 시험을 보았다

장차 하나님 부르시는 날
이런 것을 물었으면 좋겠다
다 알고 계신 하나님 무엇을 물으시랴
그래도 한 마디 물으시면
"아직도 네가 나를 사랑하느냐?"
하실 것 같다

홍역

홍역(紅疫)은 급성발진성 전염병으로 1-2살이나, 5-6살 어린이에게
전염되고 봄철에 많으며 한 번 앓으면 생전 면역이 된다
3-4일간 열이 오르고 기침 콧물이 나고 눈곱이 끼다가
얼굴 온몸에 차례로 특유한 좁쌀 같은 붉은 발진이 생겼다가
3-4일 후에 열이 내리는 전염병인데
나는 1-2살이나 5-6살보다 아주 늦은 11살 초등학교 4학년 때
앓느냐고 애를 먹었다.

갖은 민간요법을 다하여 보았으나 소용이 없었다
산골짜기 개울에서 가재를 잡아다가 고아 먹기도 하였으나
소용이 없었는데 어느 날 깊은 밤에 깨어 보니
아버지 어머니 누나 집안 어른들과 함께 집안 연로하신 형님이
침을 놓은 후였다
온몸은 땀으로 흠뻑 젖어있었다
어머니가 이마에 손을 얹으며 이제 살았구나 하신다
밖엘 나가지 못하고 방안에서만 있으면서 낫기를 기다리고 있는데
외출하셨던 아버지가 사과 두 개를 사다 주시면 어머니가 깎아주어
조금씩 깨물어 먹으며 입맛을 돋구었다
5학년 초에 학교를 가서 그 해 개근상을 받았다
이렇게 홍역을 치르고 난 몸이 건강하게 자라서 지리산 종주까지 한
산악인으로 성장하여 팔십이 넘어도 지팡이 짚고 거동을 한다
하나님 아버지 사랑하여 주심 감사하여 찬양을 드립니다

제<big>4</big>부

추억을 그리워하며 살자

소용 없는 욕심

침대 양편에 온도를 섭씨 50도로 눌러놓고
양어깨 쪽을 바라보며 흐뭇해 한다

양편이 모두 따뜻하기 때문이지만
꼭 그렇지만은 아니하다

양쪽에 누군가 누워있어
그런 것만 같구나

혼자 걸으면서도
누군가 함께 걷는 것만 같을 때가 있다

돌아보면 내 그림자였다
그래도 좋았다

누군가 따라오는 것으로
생각하는 것만으로 즐겁다

추억을 그리워하며 살자

나이 팔십이 넘어 지팡이 짚고 거동이 불편하니
지나간 추억이나 그리워하며 살란다

벌써부터 그 추억을 찾아 그리워하며
글을 쓰고 있으니 감사한 마음뿐이다

추억 속에는 기쁨도 있고
추억 속에는 슬픔도 있다

기쁨도 슬픔도 추억이 되면
모두가 기쁘고 즐겁구나

이와 같은 추억을 많이 가지고 있어
기쁘고 즐거우니 하나님이 사랑이로다

추억 속에는 하나님의 사랑의 손길
생각할수록 감사한 마음뿐이로다

하나님께서 부르실 날이 다가올수록
지은 죄 두려워 기도하며 남은 날을 보냅니다

보통사람

성인(聖人) 군자(君子)가 아니라면
대부분의 사람은 보통사람이다
보통사람은 살아가는 방법이 순박하고 정직하다

보통사람이 아닌 사람은 다른 사람이
그를 이해하기 몹시 힘이 든다

우리 문재인 대통령도 보통사람이 아니다
그 하는 일이 대부분의 사람의 생각과 달라
이해할 수가 없다

인터넷을 검색하여 보니
젊은이들이 대통령의 닉네임을
용렬(勇烈)하다는 뜻의 '이니님' 이라고 한단다
그들의 눈에도 보통스럽게 보이지 않았나 보다
제발 보통사람이었으면 좋겠다

금광석이 금광석보다 더 좋은 보석에서
나오지 아니하는 것이다
개천에서 용이 난다는 말과 같이
훌륭한 사람은 보통사람 중에 있다

새벽 5시에 기다려지는 것

새벽 5시가 되면 기다려지는 것 두 가지가 있다
하나는 조선일보 신문이고 둘은 우유이다

신문을 열기 전에는 손에 전율이 느껴지나
우유를 잡는 순간 손에는 전율이 느껴오고 힘이 솟는다

신문이라야 20분을 넘는 일이 없다

오늘 신문에서는 코로나 전염병의 기사가 가슴 아팠고
조희대 대법관님의 퇴임사(退任辭)에서
"눈을 퍼서 우물을 채우는 심정으로 재판을 하였다"고 한 말씀이다
당장 티가 나지 않더라도 사건 하나하나에 정성을 쏟았다는 말이다

나도 법원 서기관직을 정년퇴직을 하면서
"사건의 폭주 밀리는 조서작성 빗발치는 전화민원
주변사람들의 끈질긴 유혹
이런 것들이 스치고 간
이 연약한 몸과 마음에는 상처뿐이었는데
이제는 그 모든 것이
그리움 돌아보는 그리움이 되었네" 라는 내용의 시를
나의 시집 제1권 '까치집' 에 상재하였다

할머니 복음

할머니의 말씀은 복음(福音)이다

어머니 쉰아홉에 사남삼녀의 막내로 낳으시어
젖이 안 나와 할머니가 암죽을 먹이면서
"어서 받아먹고 자라 밥을 먹어 튼튼하여라"는 말씀 듣고
순종하여 평생을 건강하게 살아왔다

아장아장 걸음마 뒤따라 오시며
하늘에는 하나님이 계시어
잠시도 쉬지 않고 우리를 사랑하신다는 말씀 듣고
두려움 없이 살면서 이제는 하나님의 아들이신
예수 그리스도를 믿고 하나님의 자녀로 살고 있다

길가 참외 밭을 지나다가 입맛을 다시고 있는데
"저것은 남의 것이니 따먹으면 도둑놈이 되어 벌 받는 거야
집에 가서 우리 밭에서 따온 것을 먹어야 한다"는 말씀 듣고
도둑이 되지 아니하고 평범한 사람으로 살고 있다

욕심을 버리고 용심(用心)을 가지라 이 말씀 듣고
남이 잘 되고 있는 것을 방해하거나 시기하지 아니 하고
어떻게 하여 매사를 잘 하는 것인가 살펴 보아 그렇게 하려고 살아와

법원공무원 임용시험에 합격하여 40여 년 근무하고 퇴직하니
공무원연금으로 부족함 없이 감사하며 살고 있다

진리의 빛

진리의 빛은 순간적으로 번쩍하며 떠오른다
번갯불처럼 공중에서 번쩍한다

그것은 하나님 아버지의 말씀일 것이다
아버지 하나님을 사랑하면서 살면 들린다

책망하시는 말씀과 칭찬하는 말씀이
모두 두렵고 떨린다

나도 남과 같은 죄인인데
어찌 남을 탓하고 있느냐 하신다

흉보면서 닮는다는 말이 있듯이
나도 남의 흉을 많이 본다

늙으니 흉보면서
내 허물을 깨닫게 되니
다행이로구나

원숭이 흉내를 잘 내는 친구가 있었는데
그는 아주 재미있어 인기가 높았다
공부 잘하는 사람보다 그가 더 부러웠다

해우소

산속 깊은 절에 가면 해우소(解憂所)라는 곳이 있다
이름이 아주 알맞은 변소의 이름이다

누워도 답답하고 일어나도 개운치 않을 때에
변을 보고 나면 해결이 난다

어느 절에 갔더니
변을 다 보고 나면 변이 바닥에 닿는 소리가
들리는 깊은 변소라고 써 있다

나이 들어 늙으니
변을 보고 나면 답답함이
말끔히 해결이 된다

변소(便所)라는 말보다
훨씬 알맞은 말이다

어렸을 때에는 뒷간이라 하였는데
이 뜻은 집의 본체의 뒷부분에 있다는 뜻이지
편하다는 뜻은 들어있지 않다

글 쓰는 사람은 글 쓰는 곳이 해우소(解憂所)이다

구역질나는 글

구역질(嘔逆疾)나는 글을 썼다가
잠결에 구역질이 나서
일어나 삭제하여 버렸다

젊었을 때에는 아부(阿附)하는 글이나
남을 비꼬는 글을 보면
구역질이 났다

이제 늙도록 글을 쓰다 보니
내가 잘못하여 구역질나는 글을 쓰면
잠결에서나 꿈속에서 깜짝 놀라 깬다

먹은 음식이면 토해 버리면 되겠지만
한 번 쓴 글을 기억까지 지워버리지 못하여
애를 쓰며 구역질을 한다

어느 스님의 말씀

산행을 하다가 해가 저물어 가까운 절에 들어가
하루를 묵으며 달 밝은 밤에 들마루에 앉아
이 얘기 저 얘기 주거니 받거니 하였습니다

스님이 늙은 소나무를 가리키며
저 소나무 겉껍질에 흐르는 송진과
속살에 굳어진 송진이 저 소나무를 오래 살게 하고
그윽한 향기를 품어내고 있습니다

사람도 늙을수록 심신이 단련되어
향기를 품는 것입니다

젊은이의 싱싱한 향기보다
늙은이의 그윽한 향기가 더 좋습니다

이 말씀을 듣고 더욱 신체단련과
정신수양을 하느라고 애를 쓰며 살았더니
지팡이 짚고 거동하면서도 정신은 맑습니다

거친 세상 살면서도 건전한 정신과 눈보라 이겨내며
올바른 행동으로 감사하면서 살고 있습니다
저 소나무를 닮아가면서 감사하며 살아왔습니다

하나님이 사랑하신 세상

"하나님이 세상을 이처럼 사랑하사 독생자를 주셨으니
이는 그를 믿는 자마다 멸망하지 않고
영생을 얻게 하려 하심이라"(요3:16)

여기서 하나님께서 사랑하신 세상은
아마도 사람을 제외한 세상 만물인 것 같다

나무와 새들의 아름다운 모습과 서로 사랑하는 마음
말없는 바위와 산과 바다와 파란 하늘을 보라
어떤 사람의 마음과 모습이 이처럼 아름다운 사람이 있는가

거칠고 못난 행동, 생각하는 마음과 탐욕으로 가득한 심보
어디 한 곳에서도 아름다움을 찾을 수 없도다

푸른 산 위로 흘러가는 각양각색의 아름다운 구름 모습
해가 솟고 달이 돋으며 해가 지고 달이 지는 고운 모습
새들이 아름다운 소리로 노래하며 춤추는 귀여운 모습
짐승들의 어미와 새끼가 앞서거니 뒤서거니 걷는 모습
각종 곤충들의 찬란한 빛깔과 각양 목소리로 노래하는 모습
메마른 땅에 소낙비 삼형제를 흠뻑 적셔주는 시원한 모습
이것이 하나님의 사랑의 손길이겠지

물티슈로 온몸을 닦으니

한밤중에 후덥지근하여 내의를 벗고
온몸을 물티슈로 닦으니
환한 달밤에 선녀들이 산속 폭포에 내려와
목욕하는 기분이로구나

나는 어려서 쇠죽 나무구유에 더운 물 넣고
어머니가 벌거벗겨 때를 닦아주시던 기분
새삼스럽게 떠오른다

자라서 시험 보러 가는 날 새벽이면
일찍 일어나 목욕재계하여 정신을 맑게 하였다

등산하다가 계곡에서 물을 만나면
옷을 훨훨 벗어 놓고 멱을 감았다

바닷가 학교 길을 오다가 물이 들어오면
또래들과 벗어놓고 들어가 수영하며
새우 새끼들을 잡아먹었다

재미있는 어린 시절 기쁘고 즐거웠다
장마 때 개울물이 불으면 아래 돌이 벗어 들고
물결 따라 비스듬히 불어난 황토 물을 겁 없이 건넜다

두 번째 티슈 목욕

두어 시간쯤 뒤에 잠이 깨어
두 번째 티슈 목욕을 하였다

처음보다 더 시원하여
신선이 된 듯하구나

달 밝은 밤 깊은 산속
작은 폭포 밑이 부럽지 않구나

선녀들아 내려오려거든
날개 옷 단속 잘하여라

나도 고이 지켜주리니
즐겁게 놀고 올라가라

하나님 아버지께서 너희를 사랑하고
나도 사랑하고 계시다

이것이 하나님의 자녀가 된
우리들의 모습이란다

하늘에 곧 올라가리니
그때 다시 만나 기쁘고 즐겁게 지내자

내가 무탈하게 법원생활을 마친 것

공직생활 40년을 지낸 지난 날을
아무 탈 없게 만들어준 사람은
곧게 말해 주는 사람뿐이었다

금방석 보직을 주어도
그 모양으로 고단한 생활을 할 거야
어느 직속 과장의 격려 때문이었다

그와 같이 강직한 등기소장은
보기 힘들었어요
어느 사법서사가
관할법원 사무국장에게 하였다는 말 때문이었다

이천 용인 안양 평택
등기소장 네 곳을 역임한 것도
곧게 말하는 사람의 격려를 들었기 때문이었다

10년을 창안상을 받은 것은
매사를 열심히 연구하였기 때문이었다

집행관 발령을 받은 것은 심사위원인 12명의 대법관들에게
많은 기록을 읽기 쉽게 제도를 개선했기 때문이었다

글쟁이의 고민

글쟁이가 글 쓸 마음이 없어지면
이보다 더 고민거리가 없다

글 쓰려는 생각이 나면
신바람이 나던 것이 사라졌다

느닷없이 시비를 걸어오면
가슴이 미어터져 버리고 만다

아름답게 보이던 모든 것이
암흑으로 변하여 버린다

맑던 여름 하늘에 소낙비 몰고 오는
검은 구름이 천둥벼락을 쳐버린다

문을 닫다가 발등이 틈에 끼어
비명을 쳐 쓰러져도 매정하다

그에 대한 여김을 주면 되니
이런 대로 살아갈 뿐이로다

효자

이제는 효자 효녀가 없다고 합니다
천만의 말씀입니다
오늘 새벽에 비로소 깨달았습니다

추우나 더우나 괴로우나 피곤하나
눈이 오나 비가 오나
빠지지 아니하고 전해 주는 효자 효녀가 있다

신문을 전해 주는 효자
우유를 전해 주는 효자 효녀
버스를 운전하여 주는 분
택시 기사
거리 청소를 하여 주는 분

나라를 지켜주는 국군장병 여러분
나라를 다스리는 많은 분들
교통안전을 보살펴주는 분들

아픈 사람 보살펴주는 의사와 간호사
알아볼 수 없게 조용히 도와주는 분들
살펴보면 쉽게 찾을 수 있는 많은 효자 효녀

시계를 보고는

잠이 깨어 시계를 보고는
아침이나 저녁이나 한결같이
아침 5시인지 저녁 5시인지
아침 7시인지 저녁 7시인지
몰라서 집사람에게 묻는다

창문이 동쪽과 서쪽에 있는데도
엄청난 바보가 되었구나

요즘에는 컴퓨터를 켜면
화면 오른쪽 아래에
몇 년 몇 월 며칠 몇 시가
나타나 있음을 알고는 좋다

아침 일찍 창문을 열고
오늘은 어느 동산을 오를까
이러한 아침을 언제나 맞이하여 볼까

무서운 전염병까지 못나오게 하니
참으로 하루가 길고 지루하여
옛 조상님들의 가요를 외우며 위로 받는다

무서운 꿈

왜 꿈은 무섭고 처참할까
생시에 생각했거나 보았던 것이
꿈으로 꾸어진다는데
생각지도 못하고 보지도 못한
꿈을 꾸고 나면
아이고! 꿈이길 다행이다
한숨을 내쉰다

어젯밤 꿈에는 딸이 처참한 일을 당하여
구하여 내느냐고 온갖 애를 다 썼다
결국 손을 잡고 돌아왔다

무서운 꿈이 꿔지는 것은
마음이 허약하여서라고
옛 어른들은 말씀하셨는데
옳은 말씀 같다

세상이 온통 두려움에 쌓여 있으니
꿈인들 편안하겠느냐
하나님 아버지의 품안에서
감사의 기도를 올릴 뿐이다

바둑이 약이다

잠이 안 오고 온몸이 가려울 때에는
혼자 두는 컴퓨터 바둑이 약이다

이기든 지든 상관 없이
바둑 한판이면 그만이다

누구의 잔소리 따위는
상관이 없다

잠이 쏟아지고
자식이 새벽 4시가 넘어
코로나 걱정을 해도
다 잊어버린다

참으로 이렇게 살다가
가라는 것인지 두렵구나
글이나 한 수 쓰고
덩달아 살아보자

별 수 없는 아비는
괜한 걱정만 하였구나
꿈나라로나 가 보자

입맛과 잠맛

이리 뒤척 저리 뒤척 초저녁잠 설치고
늦잠 깨고 나니
입맛은 소태같이 쓰고
잠맛은 감초같이 달다

잠결에 목이 말라 일어나니
부지런한 집사람은 딸기를 주려고 한다
물을 마시니 물맛은 소태같이 쓰고
선잠은 감초같이 달다

부모님 아니 계신 세상
반겨주는 사람 없어
세상살이가 소태 같으니
부모님 뒤따라 감초 같은 삶을 살리라

남은 생전에는
부모님의 사랑을 되새기며
감초 같은 삶을
되새기며 살리라

꿈속에 내 모습

지난 밤 꿈에는 안양등기소장으로 있는데
등기소 사무실은 아주 넓은데
내 책상과 내 모습이 아주 작았다
신장이 1.5미터쯤 되었다

책상 의자 타자기 모두가 작았다
아주 답답하여 못 참겠다

반대로
민원인들이나 직원들은
정상이었다

마음도 작았으면 좋으련만
마음은 변함이 없어 괴로웠다

등기부 한 권을 들을 수 없어
직원들이 내 책상 위에 펴놓고
내가 도장을 찍고 나면 가져갔다

제 5 부

하나님이 계신 나라

하나님이 계신 나라

하나님이 살고 계신 나라는 어디일까
삼충천이라고도 하고,
아니 계신 곳이 없다고도 한다

내 침대 오른편 어깨와 왼편 어깨가 닿는
두 곳에 침대의 온도를 조절하는 스위치가 있는데
제일 높은 온도가 각각 50도이다

어느 날 밤에 언뜻 양편에 아름다운 여인이 팔을 꼈다고
생각을 하고 잤더니 아주 거북하여 잠을 못 이루었다

곰곰이 여러 날 생각을 하여 보았다
내 마음은 나의 집이므로 항상 깨끗하여야 하는 곳인데
불결한 생각을 하였기 때문임을 깨달았다

하나님이 계신 곳은
하나님을 아버지로 믿는 자의 마음 속이니
바로 나의 마음 속이요 바로 성전이로구나

하나님이 계신 성전에서
불결한 생각을 잠시나마 하였으니
어찌 내 마음이 편하였으랴

남의 탓

내 탓이 아니요 모든 잘못이 남의 탓이라 하는 것은
사람의 본성이로다

에덴동산에서 아담과 하와가
하나님의 말씀을 거역하여
선악과를 따먹고 뱀의 탓으로 돌렸다

나이 사십이 넘은 자식이
잘못 된 것은 다
팔십 아비의 잘못으로 탓하는 것은
너나 없는 사람의 본성이로구나

뒤늦게야 깨닫게 되니
나도 어지간히 아둔한 놈이로다

나이를 먹는 것이 불행이로다
이러한 것을 깨닫고 사는 삶이
부끄럽기 때문이로다

옛 성인들이 자식은 부모를 공경하라 하였음은
부모의 이런 고통을 주지 아니하게 하려 함이로다
모든 부모의 마음이 이러할 것이니 위안이 되도다

부귀와 영광

이른 새벽 잠 깨어 이를 닦고 누워 있으니
양 어깨가 따뜻하구나
내게 이보다 더한 부귀와 영광이 어디 있으랴

나에게 탐욕은 흘러가는 구름과 같을 뿐
세상에서 바랄 것은 아무 것도 없구나
지팡이 짚고 산을 바라보니 감사할 뿐이로다

팔십이 넘은 몸을 어서 불러주소서
하나님 아버지 앞에 못다한 일
마음과 정성을 다하여 아버지의 품에 안기리다

순간 앞에 펼쳐지는 푸른 산과
고요하게 흐르는 물소리에
세상 번뇌를 잊어버리고 잠을 청한다

꿈속에 펼쳐질 산과 개울이 성큼 다가와
앞장을 서주니 오늘도 단꿈을 꾸며
단잠을 자면서 하나님 아버지를 찬양하리라

처참한 삶

비몽사몽간에 내 몸뚱아리를 살펴보았다
오른손목이 아프면 왼손으로 주무른다
오랫동안 치료를 받아도 결국에는 못쓰게 된다

아버지가 하는 일에 자녀들이 거두어 주다가는
이 또한 자녀들이 아버지의 하는 일에 휩쓸려 버리어
오랫동안 치료를 받아도 결국에는 죽고야 만다

아버지가 하는 사업에 자금을 조금 지원하였다가는
그 자금이 없으면 사업의 파산을 하게 되어
결국에는 아버지의 사업과 자녀의 사업이 끝나고 만다

참말로 인생이란 처참하여 소름이 끼치니
마음 놓고 살 수가 없으니
한 다리가 저리어 누워 있을 수 없구나

배속에 있는 창자들은 얼마나 아플 것이며
내 영혼인들 얼마나 애가 탈 것인가

빈대떡

코로나 전염병 때문에 집에 갇혀 있어 답답한 데다가
날씨마저 쾌청하질 않았는데
집사람이 주전부리로 빈대떡을 먹으라고 하여
오랜만에 둘이서 먹으며 추억을 더듬어 보았다

어렸을 때 날이 굿으면 논밭에서 돌아와 누워 낮잠을 자고
형수와 누나들은 점심으로 부침개를 부쳐 이웃집에도 보내며
주무시는 아버지 어머니 일어나 앉으시며
둘러앉아 빈대떡을 맛있게 먹었다

고등학교 졸업하고 청주에서 고학할 때
비 오는 날이면 남의 집 대문 아래에 있으면
"돈 없으면 집에 가서 빈대떡이나 부쳐먹지
한 푼 없는 건달이 요리 집이 웬말이냐' 유행가 구슬펐다

그 집 할머니가 손을 잡고 마루에 앉게 하고
빈대떡 서너 장을 주시어 맛있게 먹고 고마웠다
빈(貧)대떡은 가난한 자들이 하여 먹는다는 뜻이다
중국집 호떡보다는 맛이 좋았다

서쪽 하늘

창을 열면 곱게 물든 서쪽 하늘
하나님의 손길 분명하다

창 가득히 채워 있는 숨길은
하나님 아버지의 손길이요
넘어가는 해를 아쉬워 잡는
저 구름의 애석한 이별을 보라

찬란한 햇빛도 곱고
구름의 가슴도 따뜻하니
하나님의 나라는
하늘 서쪽 하늘에 있음이 분명하구나

장차 부르실 하나님 아버지 계신
서쪽 하늘나라 향하여
기도의 향기를 올리오니
흠향하여 주시옵소서

거칠고 힘든 세상에서 소망을 가지고
하나님 아버지를 그리워하며
오늘도 고운 그림으로 사랑하여 주시어
감사하는 마음으로 하루를 보내고 있다

기우

코로나 전염병이 극심하여 온 세상 사람들이 걱정을 하고 있는데
아들은 낮에도 하루 종일 밖에서 돌아오지 아니하고
지금 전염병이 가장 극심한 대구에 살고 있는 딸은
내일과 모레 양일간 집에 온다며
오늘 새벽 일찍 오게 된다며 문을 밖에서 열 수 있게
안에서 빗장을 하지 말라고 집사람에게 연락을 했다

아들도 걱정이 되어 전화를 하면 연락이 되지 않는 곳에 있어
연결할 수 없다는 안내의 말이 올 뿐이고
아비가 한 전화가 기록되었을 텐데 아침에 집에 올 때에도
온다는 전화하지 않고 온다

딸은 병원 간호사로 있으며 전염병 코로나에 대하여 잘 알고 있으련만
집으로 온다고 하니 걱정뿐이라 안절부절을 하고 있는데
집사람은 꼬박 소파에 앉아 기다리고 있다

중국 기나라에 우라는 사람이 걱정을 많이 하는 사람인데
하늘이 무너질까 땅이 꺼질까 밖에 나오질 못하였다고 하여
기우(杞憂)라는 말이 생겼다는 것이다

내 걱정이 쓸데 없는 걱정이 되기를 바라면서도
잠이 오질 않아 이 글을 쓰며 마음을 진정하여 본다

복 있는 사람

복 있는 사람은 악인들의 꾀를 따르지 아니하며
죄인들의 길에 서지 아니하며
오만한 자들의 자리에 앉지 아니하고
오직 여호와의 율법을 즐거워하여
그의 율법을 주야로 묵상하는도다

그는 시냇가에 심은 나무가 철을 따라 열매를 맺으며
그 잎사귀가 마르지 아니함 같으니
그가 하는 모든 일이 다 형통하리로다

악인들은 그렇지 아니함이여
오직 바람에 나는 겨와 같도다
그러므로 악인들은 심판을 견디지 못하며
죄인들이 의인들의 모임에 들지 못하리로다

무릇 의인들의 길은 여호와께서 인정하시나
악인들의 길은 망하리로다

죽고 싶어

나이가 드니 너무 힘이 들어
아이고 죽겠네 소리가 자주 나온다

죽고 싶어도 마음대로 죽지 아니함을 알면서
입버릇이 되어가고 있다

보고 싶은 것도 많은데
하필이면 왜 죽겠다는 것인지 알 수 없구나

하나님아버지께서 이처럼 사랑하여 주심을
몰라서 하는 것인가

하나님의 자녀가 이 무슨 배은망덕(背恩忘德)이란 말인가

이제는 살고 싶어 죽겠네
보고 싶어 죽겠네 하여야겠다

보고 싶은 것도 많고
가고 싶은 곳도 많고
먹고 싶은 것도 많고
만나고 싶은 사람도 많고
쓰고 싶은 글도 많구나

그렇게 이렇게

광교산 통신대 오르는 자동차 길로
오늘도 지팡이 짚고 쉬엄쉬엄 얼마쯤 걷다가 내려왔다

지금은 늙어 지팡이 짚은 몸이라 엄두도 못 내지만
젊었을 때에는 마음만 먹으면
저 아름다운 능선을 그렇게 걸었다

못 오를 산을 바라보면서 추억을 더듬으며
추억이 곳곳에 피어있는 능선을
이렇게 바라보면서 서 있자니 이 또한 즐겁구나

소나무야 네 잎사귀 한 잎을 다오
그 향기를 숨쉬면서 내 마음 달래다가
너의 송진 향기에 흠뻑 젖어나 보련다

겉으로 흐른 송진은 끈끈하게 손을 잡고
속으로 스며드는 송진은 너의 절개를 일러 주니
송(松) 글자 그대로 나무 중에 공자로다

송(松) 죽(竹) 석(石) 수(水) 월(月)
이 다섯이면 사귈만하구나

히아신스와 수선화

용인에 살고 있는 둘째 딸이
외손녀 임연희 편에
히아신스와 수선화 화분을 받았다

히아신스는 흰색과 빨간색이고
수선화(水仙花)는 노란색이다
두 꽃의 향기가 아주 엷고 그윽하여
온 집안에 향기가 가득하다

히아신스의 꽃말은
유희(遊戲), 겸손한 사랑이다
그런데 빨간색은 '당신의 사랑이 내 안에' 이고
파란색은 사랑의 기쁨이고
흰색은 진실한 행복이고
노란색은 용기와 승부이고
보라색은 영원한 사랑이다

수선화는 주로 한국, 중국, 일본, 지중해 부근에서
자생하는 알뿌리 식물이다

히아신스와 수선화가 집에 온 후로
아침저녁 향기에 취하여 글을 쓸 용기를 준다

꿈 예찬

꿈을 좋아한다
희망이나 소망을 가리키는
꿈이 아니라
잠속에 펼쳐지는 그런 꿈이다

꿈속에서는 고통과 괴로움이 없다
꿈속에 일어나는 일들은
내 몸과 마음에 상관이 없기 때문인가 보다

살아가는 삶속에서도
모든 일들이 꿈만 같아
괴로움과 고통이 없었으면 좋겠다

옛 사람들도 고통과 괴로움을 당하면
꿈만 같아라 하였나 보다
제발 꿈만 같이 살다가 갔으면 좋겠다

나를 사랑하는 하나님 아버지께서 계시니
하나님의 자녀답게
지은 죄 사하여 주실 것을 기도하며 살리라

부끄러웠던 일과 기쁘고 즐거웠던 일

잠들기 전에 스쳐가는 지난 일들 중에
부끄러웠던 일과 기쁘고 즐거웠던 일들이
번갈아 떠오른다

부끄러웠던 일이 떠오르면
지금까지도 얼굴을 숨기려 들고

기쁘고 즐거웠던 일이 떠오르면
마음이 떳떳하여져 날아갈 것 같다

잘못을 저질러 놓고 숨기려 하였던 일
남의 실수를 꼬집어 흉보던 일
몸 둘 곳을 찾을 길 없이 부끄럽다

지금이라도 찾아가 사죄를 하여
용서를 받고 싶구나

죽어서 어떻게 보나 걱정이
태산 같구나 용서하여 주소서

끼리끼리

어렸을 때에 소꿉장난이나
자치기 썰매타기 놀이는
한 동네 아이들끼리 놀았다

학교를 다닐 때에는
공부를 잘하는 사람은 잘하는 사람끼리
못하는 사람은 못하는 사람끼리 놀았다

조금 자라니 취향이 같은 사람끼리
함께 어울려 놀러다니다가
늙어 거동이 불편하니 의지할 수 있는 자와 동행하게 된다

그러다 보니 학벌, 취향은 상관없이
도와줄 수 있는 자와 동행하게 되니
끼리끼리는 사라지고 만다

따뜻한 봄 날씨에 자동차를 가진 자와 산기슭을 지나가니
진달래 산수유 꽃이 만발을 하여 마음이 설레는데
꼬박꼬박 잠이 쏟아지는구나

늙은이가 지팡이 짚고 거동이 불편한데
이보다 더 좋은 친구가 어디 있단 말인가

시인의 사명

내가 시집을 23집을 내어놓도록
내 자식 중에 읽은 놈들이 없어
시인의 사명(使命)을 다 할 수 있어 좋다

자식새끼들 눈치 안 보고
사실 그대로를 느낀 그대로 옮겨
내 마음을 전할 수 있으니 참다운 시인(詩人)이로다

임금님의 눈치를 보며 글을 쓰는 자도 있고
세상 사람의 소문을 두려워하며 글을 쓰는 자도 있으나
나는 이런 자가 아니라 다행이로다

아들 하나 있는 것이 코로나 전염병이
세상 천지에 극성(極盛)인데
밤이나 낮이나 늙은 부모 집에 두고
오늘도 자정을 넘는구나

걱정이 되어 전화를 하면
사십이 넘은 아들은 조금만 더 있다가
돌아온다고 하나 말뿐이니
애타는 부모는 이런 하소연이나 하고
조용히 눈을 감고 싶구나

송이와 명이의 만남

대구에 사는 큰딸이 송이를 사왔다
먹어보니 내가 속리산 큰 음식점에서
먹어본 것과 똑같은 맛이어서 맛있게 먹었다

어디에서 이처럼 맛있는 것을 샀느냐 하니
지금은 새송이라고 재배를 한다고 하여
내가 먹어 본 새송이는 씹으면 터벅터벅하였다고 하였더니
대구에서 사가지고 온 것이라며 한 봉투에 900원이라 한다

밥상에는 명이나물이 올라와 맛있게 먹는데
이 나물은 울릉도에서만 나오는 나물이다
속리산에서 맛 볼 수 있는 그 쫄깃한 송이버섯이
울릉도에서만 나오는 명이나물과 만나
서로 맛 자랑이나 하는 듯 밥상에서 대화를 하고 있다
승부를 가리기 매우 어려움을 솔직히 고백하겠다

명이야 송이야 모두 모두 고맙구나
팔십 노인의 입맛을 되찾아
잠시나마 즐기게 하여 감사하구나

삼천리 금수강산에 무럭무럭 자라서
우리나라 아름다운 동산 이루어다오

사타구니가 아프더니

며칠 전부터 무릎굽이 아파 잠을 못 잤고
이제 사타구니가 아프더니 온몸이 다 아프다

육신의 끝이 다하여 가니 그럴 수밖에 없겠지만
마음까지 아프니 영혼인들 아니 아프랴

약이 없으니 어서 거둬주시길 간절히 바라오니
하나님 아버지 불러주소서

바둑예찬

초저녁 잠이 자정도 아니 되어 깨어 잠이 오질 않는다
자려고 눈을 감으면 지나간 일들 중에 일들이 떠올라
참다 못하여 일어나 앉아 혼자 컴퓨터 바둑을 두니
바둑은 참으로 잘 만들어낸 놀이기구이다

컴퓨터 화면에 번갈아 두어
많은 집을 짓는 편이 이기는 것인데
두는 동안 정신이 집중이 되어
다른 생각을 할 여유가 없어 좋다

아! 바둑아 네가 참으로 고맙구나
쓸데 없이 떠올라 마음을 괴롭혀 주어
잠을 못 자는 이 고통을 물리쳐주니
나는 너를 찬미하노라

만나고 싶은 연인을 오랜만에 만남과 같이
기쁘고 즐거워 더 바랄 것이 없으니
누가 나를 이처럼 즐겁게 하여 줄 사람 있으랴
날아갈 것만 같아 너를 찬미하노라

동막할머님의 막내 손주

우리 할아버지는 힘이 장사이고 부지런하여
남들과 달리 새벽에 물이 나가 고기를 잡아
남양 읍내 어물전에 팔고
늦은 밤에 물이 나가는 때에는 남들은 못 나오나
할아버지는 혼자서 바다에서 고기를 잡아오시며
언젠가는 노름꾼들이 산속에서 숨어 있다가
고기를 빼앗으려 달려들어 밤새도록 두목과 싸워
나무에 허리띠로 묶어 놓고 낮에 가보니
사람이 아니고 피 묻은 빗자락이었단다

할머니는 인자하셔서 동네 사람들의 존경을 받아
동네 할머니라고 다들 부른다

동네 사람들이 나를 보고는 동막할머니의 막내 손주라 하였고
부근의 동네 사람들도 나를 보고는 함부로 대하지 아니하였다
할머니의 베푸신 덕으로 아버지와 형제 자매가 편하게 살며
6.25 전쟁에도 마을 사람들로부터 피해를 본 일이 없었다

알 수 없어요

시끄러워 문을 여니 집사람이 거실에서
연속극을 아직도 보고 있어 문을 닫고 잤다

새벽 한시경에 잠을 깨어 일어나
기독교방송을 켰더니 소강석 목사님의 설교이다

집사람은 아직 잠이 들지 아니하였을 텐데
나오지 않고 누워 있다

하나님의 자녀로 설교 말씀이 들려오면
나와서 함께 들었으면 하는데 모르겠다

한 집에서 연속극을 싫어하는 나와
연속극을 즐기는 사람이 한 방에 있기 힘이 든다

왜 그런 건지 알 수 없구나

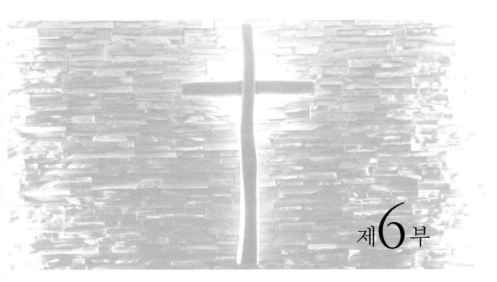

제6부

돌고 도는 인생

사랑하는 권사님

권사님은 나를 사랑하고 있습니다
내가 가고 싶다면 언제나 달려와
함께 가고 싶다는 곳을 가주십니다

권사님은 그냥 친구가 아니고
그 보살펴 줌을 베풀어 줌이
어머니가 아장아장 걷는 아들을
넘어질까 한 순간도 눈동자를
다른 곳에 돌리지 아니하는 사랑이십니다

하나님 아버지께서도 다 알고 계실 것이니
권사님에게 합당한 복을 주실 것이라 믿습니다
권사님 감사합니다 믿음의 자녀다운 사랑입니다

고삐 풀린 망아지

거동이 불편하여 집에 누워만 있기 괴로워
자동차 운전하는 친구의 덕을 톡톡히 보고 있다

내가 버틸 수 없는 거리를 달릴 때가 있는데
옆에서 힘이 들어 괴로워하는 것을 알면서도

더 멀리 더 빠르게 달릴 때에는
주인의 고삐를 어기고 달리는 망아지 같구나

돌아와 기진맥진하여 밥도 먹을 수 없어
누워 잠이 들었다가 늦게서야 배가 고파 잠이 깬다

3월달부터는 조용히 집에서 쉬어
말씀에 취하여 보며 하나님 아버지의 말씀을 순종하리라

하나님의 자녀의 신분으로 돌아가서
하여야 할 일들을 곰곰이 찾아 남은 시간을 써야겠구나

정년퇴직하는 날

지난 밤 꿈에는 벌써 20여 년이 지나간
법원에서 정년퇴직하는 날의 꿈을 꾸었다

대법원장을 비롯한 각급 법원장과 전 직원이 도열한 앞을
그날 퇴직하는 직원들이 지나가며 인사를 받고
자동차로 시내를 한 바퀴 돌았다

꿈을 깨어 생각을 하여 보니
40이 넘은 아들이 법원공무원 공개경쟁시험 준비를 하고 있어
안타까운 마음에서 그런 꿈이 꾸어졌나 보다

부모가 주야로 옆에서 보기에 안타깝기 그지 없어
하나님 아버지께 두 손 모아 비나이다
이번에 꼭 합격하게 하여 주시옵소서

부족한 자식의 손을 잡아주시어
합격하게 하여 주시옵소서
꿈에나 생시에나 소원이옵니다

자식이 하나님께 기도함이 부족하오니
세상 모든 일을 하나님께서 주관하고 계심을
이 기회에 깨닫고 하나님 아버지를 믿게 하옵소서 아멘

돌고 도는 인생

낮이면 자동차로 광교산 길을 얼마만큼 올라가서
알맞게 걷다가 내려오고
밤이면 거실, 식당, 변소, 침실, 그리고
엘리베이터로 일층에 내려와 어린아이들 놀고 있는 모습
먼 발치로 보면서 귀여운 모습에 외손자, 외손녀 그리워한다

인생은 돌고 도는 것이기에
이렇게 돌고 돌아도 싫증이 나지 않나 보구나

돌고 돌면서 어린 시절부터
지금까지를 돌아본다
괴롭고 슬픈 일도 있었고
기쁘고 즐거웠던 일들도 있었다

그러나 지나간 일들은
다 아름다우니
이는 분명 하나님 아버지의 사랑의 손길이었구나

하나님 아버지 감사합니다

냇가에 흐르는 물

바로 전에 비몽사몽간에
내가 중얼거리던 말이다

냇가에 흐르는 물이
나를 사랑하니
이는 하나님이 나를 사랑하심이라

하나님이 사랑하시면
천지 만물이
다 그를 사랑하는구나

이렇거늘
어찌 아니 하나님의 말씀을
순종하지 아니하랴

성숙해진 인생

나이 팔십이 넘어서야
인생은 성숙(成熟)해진다

옆구리에 뾰루지가 났다
젊어서는 나기가 무섭게
건드려 터트리었다

나이 팔십이 넘으니
건드리지 않고 곪아 터지기를
조심하여 오래 기다렸다

얼마가 지나니 깨끗하게 낫고
고생을 하지 아니 하였으니
이것이 성숙의 결과이다

참지 못하고 긁었으면
부스럼이 되어 고생을 하며
몸과 마음을 상하였을 것이다

매사는 기다리면서 참으면
약이 되어 나으니
이것이 성숙함의 미덕이다

성난 김에

비몽사몽간에 화가 나서 소리쳤다
코로나야 너 때문에 세상 모든 사람이
밖에 못나가 미치겠다

성남 김에 불 싸지른다고
성난 김에 코로나 너를
세상에 다시는 못 오게 쫓아 버리겠다

소리치는 내 소리에 잠을 깨고 나니
속이 시원하여 벌떡 일어나 보니
아주 생시와 같은 꿈이었다

늙어 거동 불편한 몸이
꿈에는 어디서 그리도 힘차게 나서는지
어린 외손자들같이 씩씩하였다

보고 싶으면 꿈속에서도 거침없이 나타나
할아버지를 힘이 솟게 하여 주는구나
언제 오려느냐 보고 싶다 외손자 손녀야

못 오게 되면 목소리라도 들려다오

일인오역

팔십이 넘은 노인 부부가
외아들과 셋이 한집에서 살고 있다

사십이 넘은 아들이
아버지, 어머니, 며느리, 딸, 그리고
아들의 역할을 하고 있다

늙은 부모를
아버지나 어머니인 것처럼 보살펴주고
며느리처럼 부엌살림을 도맡아 하고
딸처럼 여기저기 다니다가 맛있는 음식을 사 오고
아들의 할 일을 열심히 찾아서 하고 있다

부모가 아프면 여기저기 알아보고는
잘 보는 의사를 찾아가 진료를 받게 한다
며느리처럼 시장에 나가 맛있는 반찬을 사온다

내가 좋아하는 것을 자세히 살펴 찾아 온다
울릉도에서만 나오는 명이나물,
깨끗한 뻘에서 자라는 우엉나물,
그리고 연근이다

잠이란 무엇인가

잠이란 살아있는 동물이나 식물이
생각을 멈추고 있는 상태이다
그러나 이 순간은 아주 중요한 순간이다

창조주이신 하나님과 대화하고 있는 순간이요
육신과 정신의 성숙함의 순간이요
환생의 순간이기도 한 순간이다

하루에 한 번 잠을 자지 아니 하는 자는
이 귀한 순간을 잃은 자요
창조주이신 하나님의 말씀을 거역하는 자이다

내가 이런 사람을 알고 있어
그런 사람이 불쌍하다
옛 사람들은 이런 사람을 청승을 떨고 있다고 하였다

이것은 고심(苦心)과도 다르고
심사(深思) 숙고(熟考)와도 다르고
미친 것과도 다르다

잘 때에는 자고 일어날 때에는 일어나
하여야 할 일을 하여야 하는 것이 옳고 유익한 일이다

토마토 세 개

이른 새벽 동북향 창을 열면 동터 오는 하늘이
광교산 앞장세워 다가온다
토마토 세 개를 씻어 책상 위에 놓고 보니
떠오르는 식욕에 어금니와 혀 사이에 군침이 돌고

뾰족한 토마토의 모습은 그 모습대로
몽실몽실한 모습은 그 모습대로
둥글둥글한 모습은 또한 그 모습대로
보기에 아름답고 먹기에 맛이 있구나

마침 진도에 살고 있는
박청길 시조시인이 《화롯가의 인생》라는 제2시조집에서
"무학산 무학재는 우리들의 호연지기(浩然之氣)
넓푸른 우리의 꿈 가슴 펴는 다도해
저 멀리 수평선 너머 기다리는 우리 발길"
'남선' 이라는 제목의 시조를 곰곰이 감상하며
향수에 젖어 그리운 고향길을 걷는다

또 제3시조집《임께서 떠나시고》를 읽고 있다
시향(詩香)이 그윽한 나의 침실에는
그리움이 또한 가득하게 몰려와 채워주는구나

요리

요리하면 중국요리(中國料理)가 떠오른다
그러나 요리(料理)란 음식이 될 만한 자료를 가지고
그 씹히는 자료들이 품고 있는 맛들이 좋고
씹는 소리가 듣기에 좋고
씹을 때 풍겨 나오는 그 냄새가 좋고
씹을 때 그 맛이 좋고
씹힐 때 그 촉감이 좋은 자료를 가지고
음식으로 만드는 것을 말한다

때로는 다른 사람을 자기의 마음에 맞게 만드는 것도
요리한다고 한다

그러니 요리란 그 재료들이 가지고 있는 특성을 잘 살려
여러 재료들이 잘 조화되어 보기에 좋고
씹는 소리가 듣기 좋고
씹는 데서 풍겨 나오는 냄새가 좋고
씹을 때 풍겨 나오는 맛이 좋고
씹을 때 그 촉감을 좋게 만드는 것이라 할 수 있다

나이 먹어 늙으니
옛사람들이 좋다는 것을 씹는다고 하였는지 알만하구나

운산과 하산 · 1

등산을 즐기다 보니 비가 그치면 산허리에 걸친 구름이
아름다워 보여 내가 나의 호를 운산(雲山)이라 하였다
등산 모임에서나 산행 중에는 꼭 운산이라고 불러주었다

산행 중에 우연히 만난 여인의 호가 하산이라고 하며
하산(霞山)이란 해질 무렵에 곱게 물든 산이란 뜻이다
이 호를 그녀의 서예 선생님이 지어 주었다고 하였다

운산(雲山)보다 하산(霞山)이 더 아름다워 보이는 호(號)이다
그런데 하산을 아름답게 보아줄 자는 운산 밖에 없다
함께 지나가는 구름이 저녁노을 가득 끌어안은
하산을 더 좋아하기 때문이다

하산과 운산이 어울려 이루어진 한 폭의 그림
참으로 아름답구나
그렇게 생각하며 살아가련다

하산은 형제봉에서 '광교 윗저수지' 제방을 거닐고 있는
나를 알아보고 핸드폰으로 전화를 하여 함께한 동행자들을
어리둥절하게 하였다.

운산과 하산 · 2

운산(雲山)은 내가 지은 나의 아호(雅號)이고
하산(霞山)은 내가 잘 알고 있는 분이 서예를 배울 때
그의 서예 선생님이 지어준 호라고 한다

운산(雲山)과 하산(霞山)은 같은 점이 많다
운산은 비가 그친 뒤에 산봉우리를 가리운 구름이요
하산은 해가 질 무렵에 고운 노을이
산을 아름답게 하여준 구름이다

마음까지도 서로 닮은 점이 많아 친하게 지냈고
아직까지도 변함이 없다

한 번은 광교산에 있는 '윗 방죽' 제방을
내 친구 최종길과 걷고 있는데
형제봉에서 내려다보며 핸드폰으로 안부를 물었다

둘 사이는 취미가 같아서
여러 곳을 다니며 입맛 나는 음식을 찾아다녔다

입맛이 같으면 취미도 취향도
생각하는 것까지도 닮아서 편하다

하나를 택하였으면 다른 것은 다 버려라

"살아가면서 무엇을 하려고 생각을 하였거든
그와 다른 것은 다 버려라"
비몽사몽간에 이를 깨닫게 되어 다행이로다

잠자리에서 일어나려면 그와 다른 생각
좀더 자려는 생각을 망설이지 말아야
일어날 수 있는 것이다

다른 생각을 다 가지고 일어나려면
다른 생각들이 모두 들이덤벼
내 손과 다리를 잡고 늘어질 것이다

지나간 미련한 짓을
되풀이하여서도 아니 되고
되풀이하려고 들어서도 아니 된다

지나간 일들은 모두 잊어버려라
잊는 것도 잊어버려지는 것도
하나님 아버지께서 주신 은혜이다

말씀을 순종하라고 주신
하나님의 사랑이다

바구니에 넣어 오래 간직하고 싶은 일

나이가 팔십이 되어 살아보니
살아온 지난날의 일들을 자주 돌아보게 된다

그 중에는 비쳐진 거울을 깨버리고 싶은 일도 있고
소중하게 간직하고 싶은 일들도 있다

이 소중한 일들은
바구니에 넣어 오래 간직하고 싶다

할 때에는 몰랐는데 지나고 보니 잘한 일들은
오랫동안 잊지 않게 간직하고 싶구나
아마도 그 일들은 하나님의 말씀대로 순종한 것인가 보다

그때 그 용기와 지혜는
분명 하나님께서 주셨음이 분명하다

그러한 일들을 소중히 간직하여
오래오래 기억하고 싶구나
세상 욕심에 물들지 아니 하고
하나님 아버지의 말씀을 따랐기 때문일 것이다

하나님 아버지의 사랑을 잊을 수 없구나

오늘이 며칠인지

자고 나면 오늘이 며칠인지 몰라서
식구들에게 자꾸 묻다가는
이제는 컴퓨터를 켜서
오른편 하단에 '2020. 05. 02 오전 9:10' 를 보고
오늘이 2020년 5월 2일 오전 9시 10분임을 안다

그러나 자고 나면 또 몰라서
컴퓨터를 켜서 알곤 한다

나이는 속일 수 없다더니
기억력이 이렇게 떨어질 줄은 몰랐다

그래도 신통한 일은
고성에 산불이 났다는 뉴스를 들으면
젊었을 때 가 보았던 기억이 떠오른다

도원(桃園) 마을 이름은
걱정근심 없이 산다는 무릉도원(武陵桃源)에서 유래하였으리라
참으로 신통(神通)한 일이로다

혼비백산

혼비백산(魂飛魄散)이란
혼백이 흩어짐 곧 몹시 놀라 혼이 나고 넋을 잃음을 말한다

꿈에 나는 혼비백산하여 떠도는 넋들의 몸을 찾아주려고
애를 쓰고 있는 사람을 보았다

몸을 잃은 혼들이 제 몸을 찾지 못하여
이들을 위하여 찾아주려고 하여도
그는 자기의 몸을 모르고
또 자기의 혼을 알지 못하기 때문이다

그런데 용하게 넋이 제 몸을 찾아
혼이 돌아오게 하여 주어 정상적인 상태로
돌아오게 하는 경우가 있다

사람은 하나님이 창조하신
신기한 창조물이로다
물론 다른 동물이나 식물도 마찬가지이다

어머니의 품 안

나이 팔십이 넘었는데도 잠결에 어머니의 품 안은
한 몸이 되어가는 욕심없이 순수한 숨결이다

잉태되어 어머니의 배 안에서 자라서
세상에 태어나 젖을 먹고 자라서
어머니가 지어주시는 밥을 먹고 자랐다

그 숨결이 늙어 팔십이 넘었는데도
이불 속에서 아직도 나를 지켜주신다

하나님은 아마도 어머니를 우리에게 주시며
하나님이 바로 너의 어머니이라 일러주시는 듯하다

살아 생전 어머니의 사랑을 하늘나라에 가서
꼭 갚아드리기를 간절히 기다리고 있노라

동쪽을 향한 물

내가 태어나서 자라난 시골집도
동쪽을 향하여
아침 일찍 일어나 대문을 열면
동산 봉우리에 환하게 동이 터서
둥근 해가 솟아 오르곤 하였다

이사를 여러 번 다닐 때마다
이 점을 유의하였고
최근에 이사를 온 아파트도
아침이면 동쪽에서 해 뜨는 모습
저녁이면 달 뜨는 모습 기쁘다

동쪽에 문을 내면
서쪽에도 문을 낸다
그래서 저녁이면
서쪽으로 저녁노을이 곱게 물들어 아름답다

내가 대부분 이러한 집을 선호하여
아침 저녁으로 기쁘고 즐겁다

동쪽 하늘에는 희망이 있고

서쪽 하늘에는 하나님 계신 곳이 맞겠다
살아서는 동쪽을 바라보며 살다가
죽어서는 서쪽 하늘에 올라가 살고 싶구나

하나님의 사랑

하나님의 사랑은 영원무궁하시다
우리 할머니의 사랑이
돌아가신 지 70년이 지났는데도
어제와 같이 생생하듯이
하나님의 사랑도 영원하시리라

서너 살 때 할머니가 내 손 잡아주셨듯
하나님은 오늘 내 손 잡아주신다
살아가는 주변에서 좋은 것을 보면
하나님은 곁에서 모르는 것을 일러주시고
나는 그때마다 알아 행하려고 노력하고 있다

내가 행하는 것을 보고
할머니가 좋아하셨듯이
지금 내가 좋은 일을 하면
하나님께서 좋아 웃으시는
웃음소리가 들리는 듯하다

어려서 할머니가 좋아하셨듯
지금은 하나님께서 좋아 웃으신다

송홍만 제24시집

우리 할머니의 복음

•

지은이 / 송홍만
발행인 / 김영란
발행처 / **한누리미디어**
디자인 / 지선숙

•

08303, 서울시 구로구 구로중앙로18길 40, 2층(구로동)
전화 / (02)379-4514, 379-4519
Fax / (02)379-4516
E-mail/hannury2003@hanmail.net

•

신고번호 / 제 25100-2016-000025호
신고연월일 / 2016. 4. 11
등록일 / 1993. 11. 4

•

초판발행일 / 2020년 12월 10일

•

ⓒ 2020 송홍만 Printed in KOREA

•

값 12,000원

•

※잘못된 책은 바꿔드립니다.
※저자와의 협약으로 인지는 생략합니다.

•

ISBN 978-89-7969-828-2 03810